Peter Pan

James M. Barrie

James M. Barrie
Peter Pan

Tradução:
Silvio Antunha

Ciranda Cultural

Dados Internacionais de Catalogação na Publicação (CIP) de acordo com ISBD

B275p	Barrie, James M.
	Peter Pan / James M. Barrie ; traduzido por Silvio Antunha. - Jandira, SP : Ciranda Cultural, 2019.
	160 p. ; 16cm x 23cm.
	ISBN: 978-85-380-8923-0
	1. Literatura inglesa. 2. Romance. I. Antunha, Silvio. II. Título. III. Série. 2019-813
	CDD 823
2019-813	CDU 821.111-31

Elaborado por Vagner Rodolfo da Silva - CRB-8/9410

Índice para catálogo sistemático:
1. Literatura inglesa : romance 823
2. Literatura inglesa : romance 821.111-31

© 2019 Ciranda Cultural Editora e Distribuidora Ltda.
Tradução: Silvio Antunha
Copidesque: Lindsay Viola
Revisão: Erika Jurdi
Ilustrações de capa: Claudio Molina
Produção: Ciranda Cultural

1ª Edição
www. cirandacultural. com. br
Todos os direitos reservados. Nenhuma parte desta publicação pode ser reproduzida, arquivada em sistema de busca ou transmitida por qualquer meio, seja ele eletrônico, fotocópia, gravação ou outros, sem prévia autorização do detentor dos direitos, e não pode circular encadernada ou encapada de maneira distinta daquela em que foi publicada, ou sem que as mesmas condições sejam impostas aos compradores subsequentes.

Peter aparece do nada 7

A sombra 16

Vamos, vamos! 26

O voo 40

A ilha se torna realidade 49

A casinha 60

A casa embaixo da terra 70

A lagoa das sereias 77

O pássaro do Nunca 90

O lar feliz 93

A história de Wendy 100

As crianças são capturadas 108

Você acredita em fadas? 113

O navio dos piratas 122

"Desta vez, o Gancho ou eu!" 130

A volta para casa 140

Quando Wendy cresceu 149

PETER APARECE DO NADA

Todas as crianças crescem. Todas, menos uma. Elas logo ficam sabendo que vão crescer, e foi assim que a Wendy soube disso: um dia, quando tinha 2 anos de idade, ela estava brincando no jardim e, então, colheu outra florzinha e levou-a correndo para a mãe. Acho que ela deve ter parecido muito graciosa, pois a senhora Darling colocou a mão no coração e exclamou: – Ah, por que você não pode ficar assim para sempre?!

Foi só isso o que se passou entre elas sobre o assunto. Mas, daí em diante, Wendy ficou sabendo que deveria crescer. Você sempre sabe disso depois que faz 2 anos. Dois é o começo do fim.

É certo que a família morava na casa de número 14 da rua e, até a chegada de Wendy, a mãe era a pessoa mais importante daquele lugar. Ela era uma mulher adorável, com uma mente romântica e uma expressão doce e sorridente no rosto. Sua mente sonhadora era como aquelas caixinhas, umas dentro das outras, que vêm do misterioso Oriente. Não importa quantas sejam retiradas, sempre aparecerá mais uma. E a expressão doce e sorridente em seu rosto guardava um beijo que Wendy jamais conseguia ganhar, embora sempre estivesse ali, perfeitamente visível na covinha, no canto direito.

A maneira como o senhor Darling conquistou-a foi assim: os muitos cavalheiros que foram garotos quando ela era menina descobriram simultaneamente que a amavam e correram todos para a casa dela para lhe pedir em casamento, exceto o senhor Darling, que pegou um táxi e chegou primeiro. E, então, ele ficou com ela. Ele conseguiu tudo dela, exceto a caixinha mais íntima e o beijo. Ele jamais soube da caixinha e, com o tempo, desistiu de tentar o beijo. Wendy achava que Napoleão poderia ter conseguido, mas eu só posso imaginá-lo tentando fazer isso, para depois sair batendo a porta, enfurecido.

O senhor Darling costumava se gabar para Wendy de que sua mãe não apenas o amava, mas o respeitava. Ele era um desses profundos conhecedores de ações e participações comerciais. É claro que ninguém nunca sabe isso ao certo, mas ele parecia realmente saber, tanto que frequentemente dizia que as ações estavam em alta e que as ações estavam em baixa de uma forma que faria qualquer mulher o respeitar.

A senhora Darling se casou de branco e, a princípio, anotava seus gastos meticulosamente, quase com alegria, como se fosse diversão. Nem mesmo um broto de couve-de-bruxelas ficava faltando. Mas, aos poucos, couves-flores inteiras sumiram e, em vez delas, começaram a aparecer desenhos de bebês sem rostos. Ela os rabiscava quando deveria estar fazendo as contas. Eles eram os palpites da senhora Darling.

Wendy veio primeiro, em seguida, João, e depois Miguel.

Por uma semana ou duas depois que Wendy chegou, havia dúvidas se eles teriam condição de sustentá-la, já que ela seria outra boca para alimentar. O senhor Darling sentia-se incrivelmente orgulhoso dela. Porém, ele era um homem muito honrado. Sentava-se na beira da cama da senhora Darling, segurando a mão dela e calculava as despesas, enquanto ela o olhava implorando. Ela queria arriscar, a qualquer custo, mas esse não era o jeito dele. O jeito dele era colocar tudo na ponta do lápis e num pedaço de papel e se ela o confundisse com sugestões, ele tinha que recomeçar tudo de novo.

– Agora não interrompa – ele suplicava a ela. – Eu tenho aqui uma libra e dezessete xelins, mais duas e seis no escritório. Se cortar o meu café no serviço, talvez economize dez xelins. Então, consigo duas, nove e seis; e, com os seus dezoito e três, temos três, nove e sete, com cinco e mais nada no meu talão de cheques, temos oito, nove e sete – que movimento foi esse? – oito, nove, sete, ponto e vai sete – não fale nada, meu bem – e a libra que você emprestou para aquele homem que veio pedir na porta – quieta, criança – ponto e vai a criança... Pronto, vocês conseguiram... Eu dizia nove, nove e sete? Sim, eu disse nove, nove e sete. A questão é: podemos tentar por um ano com nove, nove e sete?

– Claro que podemos, George! – ela exclamou, mas estava sendo parcial a favor de Wendy. Na verdade, era ele quem tinha o caráter mais firme deles dois.

– Não se esqueça da caxumba – ele advertiu-a, num tom de voz quase ameaçador, mas prosseguiu. – Caxumba uma libra, é o que eu preciso baixar e eu diria que teremos provavelmente quase trinta xelins

– não diga nada – sarampo uns cinco, rubéola meio guinéu, temos dois, quinze e seis – não balance o dedo – tosse comprida, digamos quinze xelins...

E foi assim por diante. A soma era diferente a cada vez. Mas, no final, Wendy foi aprovada, com a caxumba sendo reduzida para doze, seis e o sarampo e a rubéola tratados como uma coisa só.

Houve o mesmo alvoroço com João. Miguel só escapou por pouco. Mas ambos foram preservados e, logo, os três podiam ser vistos seguindo em fila para o jardim de infância da senhorita Fulsom, acompanhados pela babá.

A senhora Darling gostava que tudo estivesse certo e o senhor Darling adorava ser exatamente igual aos vizinhos. Então, claro, eles precisavam ter uma babá. Como eram pobres, devido à quantidade de leite que as crianças tomavam, essa babá seria uma cachorra emproada, da raça terra-nova, chamada Naná, que não pertencia a ninguém em particular até que os Darlings a contratassem. A cachorra, entretanto, sempre considerou as crianças importantes. Os Darlings haviam se familiarizado com ela em Kensington Gardens, onde Naná passava a maior parte do tempo livre espiando os carrinhos de bebê e era muito odiada por babás descuidadas, que ela seguia até suas casas e que reclamavam dela para suas patroas. Ela provou ser um verdadeiro tesouro de babá. Era muito meticulosa quanto ao horário do banho e acordava a qualquer hora da noite, se um dos pequenos aos seus cuidados esboçasse o menor choro. Claro que a casinha dela ficava dentro do quarto das crianças. Ela tinha um faro especial para saber quando uma tosse era algo que inspirava cuidados e quando precisava de um pé de meia ao redor da garganta. Até os seus últimos dias, ela acreditava piamente em remédios antiquados como a folha de ruibarbo e fazia sons de desprezo a respeito de toda essa conversa moderna sobre os germes e coisas assim. Era uma lição de compostura vê-la escoltando as crianças para a escola, andando calmamente ao lado delas quando se comportavam bem e colocando-as de volta na linha, caso elas se afastassem. Nos dias do "*fut*" de João (na Inglaterra o *fut*ebol era chamado apenas de "*fut*"), ela jamais esquecia do pulôver dele e geralmente levava um guarda-chuva na boca, para o proteger caso chovesse.

Existia uma sala no porão da escola da senhorita Fulsom, onde as babás esperavam. Elas sentavam-se em bancos, enquanto Naná ficava no chão, mas essa era a única diferença. Elas demonstravam ignorá-la como se não passasse de um ser de status social inferior, enquanto Naná desprezava a conversa leviana delas. Ela não gostava de visitas das amigas da senhora Darling ao quarto das crianças, mas quando vinham, ela imediatamente arrancava o babador de Miguel e vestia-o com outro que era azul trançado, alisava a roupa de Wendy e arrumava o cabelo de João.

Possivelmente nenhum quarto de crianças foi administrado mais corretamente. O senhor Darling sabia disso, mas às vezes se perguntava desconfortavelmente o que os vizinhos falavam.

Ele tinha sua posição na cidade a zelar.

Naná também o incomodava de outra maneira. Ele às vezes sentia que ela não gostava dele. "Eu sei que ela gosta demais de você, George", a senhora Darling procurava tranquilizá-lo e então acenava para as crianças serem especialmente gentis com o pai. Seguiam-se danças encantadoras, quando Liza, a única outra serviçal, às vezes podia entrar. Ela parecia uma anã com sua saia longa e a touca do uniforme de criada, embora tivesse jurado, quando foi contratada, que jamais se comportaria como se tivesse 10 anos novamente. Quanta alegria nessas brincadeiras! E a pessoa mais alegre de todas era a senhora Darling, que rodopiava tão descontroladamente, que tudo o que se podia ver dela era o beijo e, então, se alguém corresse para ela, talvez conseguisse ganhá-lo. Nunca houve uma família mais feliz e simples até a chegada de Peter Pan.

A senhora Darling soube do Peter pela primeira vez quando estava arrumando as ideias de seus filhos. É costume noturno de toda boa mãe, assim que seus filhos adormecem, vasculhar a mente deles e arrumar as coisas para a manhã seguinte, recolocando em seus devidos lugares os muitos itens espalhados durante o dia. Se você pudesse ficar acordado (mas é claro que não pode), veria a sua própria mãe fazer isso e acharia muito interessante observá-la. É como arrumar as gavetas. Você a veria ajoelhada, eu suponho, remoendo bem-humorada alguns conteúdos seus, imaginando onde diabos você tinha catado essas coisas, onde teria feito descobertas tão doces ou não tão doces, pressionando alguma

Peter Pan

coisa em seu rosto, como se você fosse tão delicado quanto um gatinho, para rapidamente guardar isso fora do alcance da vista. Quando você acordasse de manhã, as travessuras e os maus comportamentos com os quais você foi para a cama estariam todos dobradinhos, colocados no fundo da sua mente, e no alto dela, lindamente arejados, estariam estendidos os seus pensamentos mais bonitos, prontos para serem usados.

Eu não sei se você já viu o mapa da mente de uma pessoa. Os médicos às vezes desenham mapas de outras partes suas e o seu próprio mapa pode se tornar muito interessante. Porém, pegue-os tentando desenhar o mapa da mente de uma criança, que não é apenas confusa, mas continua circulando o tempo todo. Há linhas em zigue-zague, como a sua temperatura num gráfico e elas são provavelmente as estradas da ilha, pois a Terra do Nunca é sempre mais ou menos uma ilha, com esplêndidos tons coloridos aqui e ali, recifes de coral, navios de aparência veloz em alto-mar, índios e aldeias isoladas, gnomos que quase sempre são alfaiates, cavernas por onde correm rios, príncipes com seis irmãos mais velhos, uma cabana que está para desmoronar e uma velhinha muito baixinha com o nariz curvo. Seria até um mapa fácil se isso fosse tudo, mas há também o primeiro dia de aula na escola, a religião, os pais, a lagoa redonda, trabalhos manuais como o bordado, assassinatos, enforcamentos, verbos que levam objeto indireto, o dia do pudim de chocolate, os suspensórios, ter que dizer "trinta e três", três moedas para puxar o seu próprio dente, e assim por diante. Então, quer essas coisas façam parte da ilha ou venham de outro mapa, é tudo muito confuso, especialmente porque nada fica parado.

É claro que as Terras do Nunca variam bastante. A de João, por exemplo, tinha uma lagoa com flamingos voando, sobre os quais ele ficava atirando, enquanto Miguel, que era muito pequeno, tinha um flamingo com lagoas voando por cima dele. João morava num barco virado de cabeça para baixo nas areias, Miguel numa tenda de índio, Wendy numa casa de folhas costuradas com habilidade. João não tinha amigos, Miguel tinha amigos à noite, Wendy tinha um filhote de lobo de estimação abandonado pelos pais. Mas, de modo geral, as Terras do Nunca parecem uma família, e se elas ficassem paradas em fila, seria possível dizer que esta tem o nariz daquela e coisas assim. Nessas praias mágicas, as crianças sempre estão brincando de naufragar seus barquinhos. Nós também estivemos lá: ainda podemos ouvir o som das ondas, embora não possamos mais desembarcar.

De todas as ilhas paradisíacas, a Terra do Nunca é a mais aconchegante e a mais compacta, não é grande e nem esparramada, como todos sabem, com aquelas distâncias cansativas entre uma aventura e outra, pois ali tudo está muito bem amontoado. Quando alguém brinca por lá durante o dia com as cadeiras e a toalha de mesa, não se assusta nem um pouco, mas quando faltam apenas dois minutos para se pegar no sono, ela se torna bem real. É por isso que existem as lamparinas noturnas.

Às vezes, em suas viagens pela mente de seus filhos, a senhora Darling encontrava coisas que não conseguia entender, e dessas a que a deixava mais perplexa era a palavra "Peter". Ela não conhecia nenhum Peter e ainda que estivesse aqui e ali na mente do João e do Miguel, na da Wendy começava a ser rabiscada por toda parte. Esse nome se destacava em negrito mais do que qualquer outra palavra. E, enquanto a senhora Darling observava, sentia ali uma aparência estranhamente arrogante.

– Sim, ele é muito arrogante – Wendy admitiu com pesar, quando sua mãe a questionou.

– Mas quem é ele, meu amorzinho?

– Ele é o Peter Pan, mãe. Você sabe.

No início, a senhora Darling não sabia, mas depois de pensar em sua infância, ela acabou se lembrando de um tal de Peter Pan que, pelo que diziam, vivia com as fadas. Havia muitas histórias estranhas sobre ele, e quando as crianças morriam, ele percorria parte do caminho com elas, para que não se assustassem. Nessa época, ela acreditava nele, mas agora que estava casada e cheia de bom senso, duvidava muito que existisse alguém assim.

– Além disso – ela disse para Wendy –, ele seria adulto hoje em dia.

– Ah! Não, ele não é adulto – garantiu Wendy, confiante. – Ele é do meu tamanho.

Ela queria dizer que ele era do tamanho dela, em mente e corpo. Ela não sabia como sabia, mas sabia que sabia.

A senhora Darling consultou o senhor Darling, mas ele sorriu com desdém.

– Anote as minhas palavras – ele disse. – Isso é algum absurdo que a Naná colocou na cabeça deles. É exatamente o tipo de ideia que um cachorro teria. Deixe isso quieto, que não vai dar em nada.

Mas aconteceu o oposto, e logo o problemático garoto deixou a senhora Darling em estado de choque.

As crianças vivem as mais estranhas aventuras sem terem problemas com elas. Por exemplo, elas podem se lembrar de mencionar, uma semana depois que aconteceu, que quando estavam na floresta encontraram o pai desanimado e foram caçar com ele. Foi dessa maneira casual que, certa manhã, Wendy fez uma revelação inquietante. Algumas folhas de uma árvore, que certamente não estavam lá quando as crianças se deitaram, foram encontradas no chão do quarto delas e a senhora Darling ficou intrigada com isso. Foi quando Wendy disse com um sorriso irônico:

– Acho que foi o Peter de novo!

– O que você quer dizer com isso, Wendy?

– É a cara dele não limpar os pés – Wendy disse, suspirando.

Ela era uma criança asseada e explicou, de uma maneira muito natural, que achava que às vezes o Peter passava pelo quarto das crianças à noite, sentava-se ao pé da cama e tocava flauta. Infelizmente, ela jamais acordava. Por isso, ela não sabia como sabia, mas sabia que sabia.

– Que absurdo você está dizendo, minha preciosidade. Ninguém pode entrar na casa sem bater!

– Acho que ele entra pela janela – ela retrucou.

– Meu amor, são três andares...

– As folhas não estavam perto da janela, mãe?

Era bem verdade, as folhas haviam sido encontradas bem perto da janela.

A senhora Darling não sabia o que pensar, pois tudo parecia tão natural para Wendy, que não era possível desmenti-la dizendo que ela estava sonhando.

– Minha filha... – lamentou a mãe. – Por que não me contou isso antes?

– Esqueci – Wendy respondeu, distraída, pois estava com pressa para tomar o café da manhã.

Bem, certamente ela devia ter sonhado.

No entanto, lá estavam as folhas. A senhora Darling examinou-as com todo o cuidado. Eram esqueletos de folhas secas, mas ela tinha certeza de que não vinham de nenhuma árvore existente na Inglaterra. Ela se arrastou pelo chão, examinando-o com uma vela, para ver se encontrava marcas de pés de algum estranho. Sacudiu o atiçador de brasas da chaminé e bateu nas paredes. Baixou uma fita métrica da janela até a calçada. Era uma queda de pouco mais de nove metros, sem nenhuma canaleta para alguém subir.

Com certeza Wendy estivera sonhando.

Mas Wendy não estivera sonhando, como mostrou a noite seguinte, a noite em que se pode dizer que começaram as extraordinárias aventuras dessas crianças.

Estamos falando da noite em que todas as crianças foram mais uma vez para a cama. Acontece que essa era a noite de folga da Naná, e a senhora Darling deu banho e cantou para seus filhos, até que um a um eles soltaram a mão dela e se afastaram para a terra do sono.

Todos pareciam tão protegidos e tão bem aconchegados, que ela sorriu de seus temores e sentou-se tranquilamente junto ao fogo para costurar.

Era um presente para o Miguel, que nesse aniversário passaria a usar camisas. No entanto, com o fogo da lareira quente e o quarto das crianças mal iluminado pela meia-luz das três lamparinas, logo a costura descansava no colo da senhora Darling. Então, sua cabeça pendeu para o lado e ela adormeceu, graciosamente. Olhando para os quatro, Wendy e Miguel ali, João aqui e a senhora Darling junto à lareira, notamos que deveria existir uma quarta lamparina.

Enquanto dormia, a senhora Darling teve um sonho. Ela sonhou que a Terra do Nunca ficava muito perto e que um garoto estranho havia conseguido escapar dela. Ele não a assustava, pois achou que já o havia visto no rosto de muitas mulheres que não têm filhos. Talvez ele também possa ser encontrado no rosto de algumas mães. Mas, em seu sonho, ele rasgava o véu que obscurece a Terra do Nunca e ela viu Wendy, João e Miguel espiando pela abertura.

Peter Pan

O sonho por si só não teria a menor importância, mas enquanto ela sonhava, a janela do quarto das crianças se escancarou de repente e um menino pulou no chão. Ele chegou acompanhado por uma luz estranha, não maior do que seu punho e que se movia rapidamente pelo quarto como uma coisa viva. Acho que deve ter sido essa luz que despertou a senhora Darling.

Sobressaltada ao ver o menino, ela gritou. De alguma forma ela soube imediatamente que ele era Peter Pan. Se você, eu ou a Wendy estivéssemos lá, perceberíamos que ele era muito parecido com o beijo da senhora Darling. Era um menino adorável, que vestia uma roupa feita de folhas secas e da seiva que escorre das árvores. Mas a coisa mais fascinante era que ele tinha todos os dentes de leite! Quando viu que ela era adulta, ele arreganhou suas pequeninas pérolas para ela…

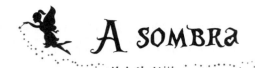

A SOMBRA

A senhora Darling gritou e, como se em resposta automática a uma campainha, a porta se abriu e Naná entrou, voltando de sua folga noturna. Ela rosnou e pulou sobre o menino, que saltou despreocupadamente pela janela. De novo a senhora Darling gritou, dessa vez aflita por causa dele, pois achava que ele havia morrido. Ela correu para a rua, a procurar seu pequeno corpo, mas não estava lá. Então, olhou para cima e, na noite escura, não conseguiu ver nada a não ser o que achou que fosse uma estrela cadente.

Ela voltou ao quarto das crianças e encontrou Naná com algo na boca, que se verificou ser a sombra do menino. Quando ele pulou pela janela, Naná fechou-a imediatamente, embora tarde demais para pegá-lo. Mas, a sombra dele não teve tempo de sair: a janela fechou com força, arrancando-a fora.

Tenha certeza de que a senhora Darling examinou a sombra cuidadosamente, mas era do tipo bastante comum.

Naná não tinha dúvidas do que seria a melhor coisa a fazer com a tal sombra. Ela pendurou-a na janela, como se quisesse dizer: "Ele certamente voltará por causa disso; vamos colocá-la onde ele possa pegá-la facilmente sem incomodar as crianças".

Mas, infelizmente, a senhora Darling não podia deixá-la pendurada na janela, pois parecia roupa no varal e baixaria o nível social da casa. Ela pensou em mostrá-la ao senhor Darling, mas ele estava calculando o preço dos capotes de inverno para João e Miguel, com uma toalha molhada na testa para manter a cabeça fresca e seria uma pena incomodá-lo. Além disso, ela sabia exatamente o que ele diria: "Tudo porque temos uma cachorra como babá".

Ela resolveu enrolar a sombra e guardá-la cuidadosamente numa gaveta, até surgir a oportunidade apropriada para contar ao marido. Ah, meu Deus!

Essa oportunidade surgiu uma semana depois, naquela sexta-feira inesquecível. Claro que tinha que ser uma sexta-feira.

— Preciso ser especialmente cuidadosa às sextas-feiras — depois disso ela passou a dizer para o marido, talvez quando Naná estivesse ao lado, segurando na mão dela.

— Não, não! — o senhor Darling sempre dizia. — Eu sou o responsável por tudo isso. Eu, George Darling, fiz isso. *Mea culpa, mea culpa...*

Ele havia tido uma educação clássica.

Eles sentavam-se assim, noite após noite, relembrando aquela sexta-feira fatal, até que cada detalhe ficasse estampado em seus cérebros e transparecesse do outro lado, como a cara que se confunde com a coroa em uma moeda com defeito.

— Ah! Se eu não tivesse aceitado aquele convite para jantar na casa 27... — a senhora Darling lamentava-se.

— Ah! Se eu não tivesse derramado o meu remédio na tigela de Naná... — o senhor Darling queixava-se.

"Ah! Se eu tivesse fingido gostar do remédio" — revelavam os olhos marejados da Naná.

— Oh! Se não fosse o meu gosto por festas, George.

— Oh! Se não fosse o meu senso de humor fatal, querida.

"Oh! Se não fosse a minha implicância por causa de bobagens, querido patrão e querida patroa."

Então, um ou mais deles desabavam por completo, com a Naná pensando: "É verdade, é verdade, eles não deveriam ter tido uma cachorra como babá".

Muitas vezes, era o senhor Darling quem colocava o lenço nos olhos da Naná.

— Aquele demônio! — o senhor Darling esbravejava e o latido da Naná ecoava o que ele acabara de dizer.

Mas a senhora Darling jamais censurava o Peter. Havia algo no canto direito de sua boca que não permitia que ela insultasse o Peter com nomes feios.

Eles ficavam ali sentados no quarto das crianças vazio, relembrando carinhosamente cada detalhe daquela noite terrível, que tinha começado tão sem intercorrências, tão exatamente igual a uma centena de outras noites, com a Naná preparando a água para o banho do Miguel e carregando-o nas costas.

– Eu não vou para a cama! – ele gritava, como alguém que ainda acreditava ter a última palavra sobre o assunto. – Não vou, não vou! Naná, ainda não são nem seis horas. Oh! Minha querida, queridinha, eu não vou mais gostar de você, Naná. Estou dizendo que não vou tomar banho, não vou e não vou!

Então a senhora Darling entrou, usando seu vestido branco longo de gala. Ela tinha se arrumado cedo porque Wendy gostava muito de vê-la em seu vestido de gala, com o colar que George havia lhe dado. No braço, ela usava o bracelete emprestado de Wendy. A menina adorava emprestar seu bracelete para a mãe.

Ela encontrou os dois filhos mais velhos brincando de serem ela mesma e o pai, por ocasião do nascimento de Wendy, e João dizia:

– Estou feliz em informá-la, senhora Darling, que agora você é mãe – num tom de voz que o próprio senhor Darling poderia ter usado na ocasião real.

Wendy dançava de alegria, assim como a própria senhora Darling deve ter feito.

Depois, João nascia, com toda a pompa extra merecida devido ao nascimento de um garoto. Miguel saiu do banho para pedir para nascer também, mas João disse rispidamente que eles não queriam ter mais nenhum filho.

Miguel quase chorou.

– Ninguém me quer – ele lamentava, e é claro que a dama no vestido de gala não podia suportar isso.

– Eu quero – ela respondeu. – Eu quero muito ter um terceiro filho.

– Menino ou menina? – Miguel perguntou, sem muitas esperanças.

– Menino.

Então, ele pulou em seus braços. Seria uma coisa muito singela para o senhor e a senhora Darling e Naná relembrarem nessa hora, mas não foi tão singela assim, já que havia sido a última noite de Miguel no quarto das crianças.

Eles continuaram com suas recordações.

– Foi então que eu cheguei feito um furacão, não foi? – disse o senhor Darling, rindo de si mesmo.

De fato, ele chegou mesmo como um furacão.

Talvez houvesse alguma desculpa para ele, que também estava se vestindo para a festa. Tudo corria bem, até chegar a hora da gravata. É uma coisa espantosa ter que falar sobre isso, mas esse homem, que sabia tudo sobre ações e participações, não tinha o domínio real sobre sua gravata. Às vezes, a coisa lhe obedecia sem contestação, mas havia ocasiões em que teria sido melhor para a casa se ele engolisse seu orgulho e usasse uma gravata já arrumada.

Essa era uma dessas ocasiões. Ele chegou correndo no quarto das crianças com o pequeno nó de uma gravata amassado na mão.

– Mas, qual é o problema, pai querido?

– O problema? – ele gritava, ele *realmente* gritava. – Esta gravata, este nó: isso não amarra... – ele respondeu, tornando-se perigosamente sarcástico. – Não no meu pescoço! Em volta do pé da cama, sim! Sim, vinte vezes eu faço isso em volta do pé da cama, mas no meu pescoço, não! Ora, querida, essa não! Imploro que me desculpe!

Ele achava que a senhora Darling não estava suficientemente impressionada e continuou reclamando, consternado.

– De uma coisa eu lhe aviso, mãe: que, a menos que esta gravata esteja no meu pescoço, não sairemos para jantar esta noite, e se eu não sair para jantar esta noite, nunca mais saio para ir ao escritório, e se não sair para voltar ao escritório outra vez, você e eu morreremos de fome e os nossos filhos serão largados nas ruas.

Ainda assim, a senhora Darling permaneceu calma.

– Deixe-me tentar, querido – ela falou, e de fato era isso que ele tinha vindo pedir que ela fizesse.

Então, com suas mãos tranquilas ela fez o nó na gravata dele, com as crianças, que estavam ao redor, assistindo seu destino ser decidido. Alguns homens teriam se aborrecido por ela ter conseguido fazer aquilo tão facilmente, mas o senhor Darling tinha uma natureza boa demais para isso. Ele agradeceu a ela sem nenhum entusiasmo, imediatamente esqueceu a raiva e no momento seguinte, dançava pelo quarto, com o Miguel nas costas.

– Como nos divertimos nesse dia! – a senhora Darling disse então, relembrando.

– Foi a nossa última brincadeira... – o senhor Darling lamentou.

– Oh, George! Você lembra que, de repente, o Miguel me perguntou: "Como você sabia que era eu, mãe"?

– Lembro!

– Eles eram tão lindos, você não acha, George?

– Sim! E, eram nossos, nossos! Mas agora eles se foram.

A brincadeira terminou com a chegada da Naná e, infelizmente, o senhor Darling esbarrou nela, cobrindo as calças de pelos. Não eram apenas novas calças, mas eram também as primeiras que ele usava com debrum e ele teve que morder os lábios para evitar as lágrimas. É claro que a senhora Darling escovou as calças, mas ele voltou a falar sobre o erro de eles terem uma cachorra como babá.

– George, a Naná é um tesouro!

– Sem dúvida, mas às vezes tenho a desconfortável sensação de que ela enxerga as crianças como filhotes.

– Oh, não, meu querido! Tenho certeza de que ela sabe que eles têm alma.

– Duvido… – Darling resmungou, pensativo. – Duvido!

Era a oportunidade, a esposa pressentiu, para contar a ele sobre o menino. No começo, ele fez pouco caso da história, mas depois ficou intrigado quando ela lhe mostrou a sombra.

– Não é de ninguém que eu conheço – ele disse, examinando-a cuidadosamente. – Mas, ele parece um patife…

– Nós ainda estávamos discutindo, como você se lembra – continuou o senhor Darling –, quando a Naná entrou com o remédio do Miguel. Você nunca mais carregará o frasco na boca, Naná! E tudo por minha culpa.

Embora ele fosse um homem forte, sem dúvidas se comportava como um tolo com relação a remédios. Se ele tinha um ponto fraco, era por pensar que durante toda a sua vida havia tomado remédio corajosamente. Mas, agora que o Miguel se esquivava da colher na boca da Naná, ele dizia em tom de reprovação:

– Seja homem, Miguel!

– Não quero, não quero! – Miguel gritou atrevidamente.

A senhora Darling saiu do quarto e foi pegar um chocolate para ele. O senhor Darling achou que isso mostrava falta de firmeza.

– Mãe, não mime o garoto – ele falou pelas costas dela. – Miguel, quando eu tinha a sua idade, tomava remédio sem dar um pio. E eu só dizia: "Obrigado, meus bons pais, por me darem frascos que fazem bem para mim".

Ele realmente achava que isso era verdade. Wendy, que agora estava de camisola, também achava e, então, ela disse para encorajar o Miguel:

– Aquele remédio que você toma às vezes, pai, é bem mais desagradável, não é mesmo?

– É muito mais desagradável! – Darling disse corajosamente. – E eu até o tomaria agora como exemplo para você, Miguel, se não tivesse perdido o frasco.

Ele não tinha exatamente perdido o frasco, pois, na calada da noite, subiu no alto do guarda-roupa e o escondeu lá. O que ele não sabia era que a fiel Liza o encontrou e o colocou de novo no armarinho de seu lavatório.

– Eu sei onde está, pai! – Wendy exclamou, sempre feliz por poder prestar bons serviços. – Vou buscá-lo.

Ela saiu antes que ele pudesse impedi-la. Imediatamente seu bom humor desapareceu da maneira mais estranha.

– João... – ele disse, tremendo. – Essa é a coisa mais bestial do mundo. É aquele tipo de coisa desagradável, pegajosa e doce.

– Logo passa, pai – João comentou rindo.

Em seguida, a Wendy voltou apressada com o remédio num copo.

– Fui o mais rápido que pude – ela disse, ofegante.

– Você foi incrivelmente rápida – o pai retrucou, com uma polidez vingativa que quase se voltou contra ela. – Miguel, você primeiro – ele insistiu.

– O pai primeiro – respondeu Miguel, que era desconfiado por natureza.

– Eu teria que estar doente, vocês sabem disso – o senhor Darling argumentou, em tom ameaçador.

– Vamos lá, pai! – João tentou encorajar.

– Segure a língua, João – o pai repreendeu.

Wendy ficou muito intrigada.

– Achei que você tomava isso facilmente, pai.

– Não é essa a questão – ele respondeu. – A questão é que a quantidade que está no meu copo é maior do que a que está na colher do Miguel.

O coração orgulhoso dele estava quase explodindo.

– E não é justo. Vou dizer isso até o meu último suspiro: não é justo!

– Pai! Estou esperando... – Miguel desafiou friamente.

– É muito fácil você dizer que está esperando. Eu também estou esperando.

– O pai é um covarde molenga.

– Você é que é um covarde molenga.

– Eu não estou com medo.

– Nem eu estou com medo.

– Bem, então, tome.

– Bem, então, tome você também.

Wendy teve uma ideia esplêndida.

– Por que vocês dois não tomam ao mesmo tempo?

– Certamente – o senhor Darling concordou. – Você está pronto, Miguel?

Wendy começou a contar: um, dois e três. Miguel tomou o remédio, mas o senhor Darling derramou o dele para trás.

Miguel gritou com raiva e Wendy exclamou: – Papai!

– O que você quer dizer com "Papai"? – o senhor Darling reclamou. – Pare com essa baderna, Miguel. Eu queria tomar o meu, mas derramei sem querer...

Era horrível a maneira como todos os três olhavam para ele, como se não o admirassem.

– Vejam bem, todos vocês – ele prosseguiu, suplicante, assim que a Naná entrou no banheiro. – Acabei de pensar numa brincadeira esplêndida. Vou colocar o meu remédio na tigela da Naná e ela vai beber, achando que é leite!

Era da cor do leite. Mas as crianças não tinham o senso de humor do pai e olharam para ele com ar de reprovação, enquanto ele colocava o remédio na tigela da Naná.

– É bem engraçado! – ele disse sem muita convicção.

Eles não ousaram denunciá-lo quando a senhora Darling e a Naná voltaram.

– Naná, cachorra boazinha – ele disse, acariciando-a. – Coloquei um pouco de leite na sua tigela, Naná.

Naná abanou o rabo, correu para o remédio e começou a lambê-lo. Então ela lançou ao senhor Darling um olhar bem zangado, mostrou-lhe aquela grande lágrima que escorre dos olhos vermelhos que nos faz sentir muita pena dos cachorros dignos e foi se arrastando para dentro de sua casinha.

O senhor Darling ficou terrivelmente envergonhado de si mesmo, mas não cedeu. Em meio a um terrível silêncio, a senhora Darling foi sentir o cheiro da tigela.

– Ora, George – ela disse. – É o seu remédio!

– Foi apenas uma brincadeira – ele esbravejou, enquanto ela consolava os meninos e Wendy abraçava a Naná. – Pois bem! – ele disse amargurado. – Eu me esforço ao máximo tentando ser engraçado nesta casa.

Wendy continuou abraçando a Naná.

– Isso mesmo – ele gritava. – Paparica ela! Ninguém me paparica. Oh, céus, eu não! Eu sou apenas o chefe de família, por que haveria de ser paparicado? Por que, por que, por que não?

– George – a senhora Darling suplicou a ele. – Por favor, não fale tão alto. Os criados ouvirão você.

Eles estavam acostumados a chamar a Liza de "criados".

– Que ouçam! – ele respondeu, descontrolado. – Que o mundo inteiro ouça. Mas não permito que esse cachorro continue reinando no quarto dos meus filhos por mais nem uma hora sequer.

As crianças choraram e Naná correu para ele suplicante, mas ele acenou para que ela recuasse. Ele sentiu que era novamente um homem forte.

– Nem pensar, nem pensar – ele gritou. – O lugar certo para você é o quintal e é lá que você vai ficar amarrada a partir de agora.

– George, George – a senhora Darling murmurava. – Lembre-se do que lhe contei sobre aquele menino.

Infelizmente, ele não quis ouvir. Estava determinado a mostrar quem era o dono daquela casa. Como as ordens não tiraram Naná de sua casinha, ele tentou atraí-la com palavras doces. Depois, agarrou-a com força e arrastou-a para fora do quarto das crianças. Ele estava com vergonha de si mesmo, mas, ainda assim, fez isso. Tudo devido à sua natureza muito afetiva, que ansiava por admiração. Assim que a amarrou no quintal, o infeliz pai foi sentar-se no corredor, esfregando os olhos.

Enquanto isso, a senhora Darling colocou os filhos na cama num silêncio inusitado e acendeu as lamparinas. Eles podiam ouvir a Naná latindo e João choramingou:

– É porque ele a está acorrentando no quintal.

Mas Wendy era mais esperta.

– Esse não é o latido da Naná quando ela está infeliz – ela disse, adivinhando o que estava prestes a acontecer. – Esse é o latido quando ela fareja perigo...

Perigo?

– Tem certeza, Wendy?

– Claro!

A senhora Darling estremeceu e foi até a janela. Estava bem fechada. Ela olhou lá fora e a noite estava salpicada de estrelas. Elas pareciam estar se aglomerando em volta da casa, como se estivessem curiosas para ver o que aconteceria por ali, mas ela não percebeu isso, nem que uma ou duas das menores piscavam para ela. No entanto, um medo indescritível apertou seu coração e a fez chorar.

– Oh, como eu gostaria de não ter que ir a essa festa hoje à noite!

Até o Miguel, já meio adormecido, sabia que ela estava perturbada e perguntou-lhe:

– Alguma coisa pode nos fazer mal, mãe, mesmo com as lamparinas acesas?

– Nada, meu tesouro – ela respondeu. – Elas são olhos que a mãe deixa atrás, como proteção para seus filhos.

Ela foi de cama em cama acalentando-os ao som de cantigas de ninar. O pequeno Miguel abraçou-a.

– Mãe! – ele gritou. – Estou contente por você.

Essas foram as últimas palavras que ela ouviu dele por um longo tempo.

***

A casa de número 27 ficava a poucos metros de distância, mas houve uma ligeira queda de neve e papai e mamãe Darling seguiam caminho com todo o cuidado para não sujarem os sapatos. Naquele momento, eles eram as únicas pessoas na rua e todas as estrelas os observavam. As estrelas são lindas, mas não podem participar ativamente de nada, elas devem apenas prestar atenção sempre. Isso acontece por causa de uma punição que foi imposta a elas por algo que fizeram há muito tempo, mas que nenhuma estrela sabe mais o que foi. Assim, as mais velhas ficam embaçadas e raramente falam (piscar é a linguagem das estrelas), mas as pequenas ainda se manifestam. Elas não são realmente amigas do Peter, que tem um jeito malicioso de se esgueirar por trás delas, para tentar explodi-las. Mas elas gostam tanto de diversão, que estavam do lado dele nessa noite, ansiosas para afastarem os adultos do caminho. Assim, logo que a porta do número 27 se fechou atrás do senhor e da senhora Darling, houve uma comoção no firmamento e a menor de todas as estrelas da Via Láctea gritou:

– É agora, Peter!

Vamos, vamos!

Por um momento, depois que o senhor e a senhora Darling saíram de casa, as lamparinas na cabeceira das camas das três crianças continuaram a arder claramente. As pequenas lamparinas eram muito bonitas e ninguém deixaria de querer que elas pudessem ficar acordadas para verem o Peter. Mas a luz de Wendy piscou e deu um bocejo tão grande, que as outras duas também bocejaram e antes que elas pudessem fechar a boca, todas as três se apagaram.

Mas havia outra luz no quarto agora, mil vezes mais brilhante do que as lamparinas, e no tempo que levamos para dizer isso ela passou por todas as gavetas do quarto das crianças, procurando pela sombra do Peter. Vasculhou o guarda-roupa e revirou cada bolso pelo avesso. Não era realmente uma luz, mas algo que cintilava tão rapidamente, que quando parou para descansar por um segundo, via-se que era uma fada, não maior do que a mão de alguém, mas ainda em fase de crescimento. Era uma garota chamada Sininho, elegantemente vestida de uma folha seca de corte reto, bem justa, através da qual sua silhueta podia ser notada com muito destaque. Ela tinha uma ligeira tendência para "obesidade".

Um momento depois que a fada chegou, a janela foi escancarada pelo sopro das estrelinhas e o Peter entrou. Ele havia carregado Sininho durante parte do caminho e sua mão ainda estava suja com a poeira da fada.

– Sininho – ele chamou baixinho, depois de verificar se as crianças estavam dormindo. – Sininho, onde você está?

Ela estava dentro de uma jarra nesse momento e parecia gostar muito. Nunca tinha estado dentro de uma jarra antes.

– Ora! Saia já de dentro dessa jarra e me diga se sabe onde colocaram a minha sombra...

A resposta foi o mais adorável tilintar do mundo, parecido com sinos de ouro. Essa é a linguagem das fadas. Vocês, crianças comuns, jamais poderão ouvir esse ruído, mas, se o ouvirem, saberão que já o ouviram antes.

Peter Pan

Sininho disse que a sombra estava na caixa grande. Ela se referia à cômoda. Peter saltou para as gavetas, espalhando todo o conteúdo delas pelo chão com ambas as mãos, como os reis atiram migalhas para as multidões. Num instante ele recuperou a sombra e, na euforia, não percebeu que trancou Sininho na gaveta.

Ele devia ter pensado, embora eu ache que ele nunca pensava em nada, que ele e sua sombra, quando aproximados um do outro, se juntariam como gotas de água. Mas, como isso não aconteceu, ele ficou chocado. Tentou grudá-la com o sabonete do banheiro, mas isso também não deu certo. Um arrepio tomou conta do Peter. Ele se sentou no chão e chorou.

Os soluços dele despertaram Wendy. Ela sentou-se na cama. Não ficou alarmada ao ver um estranho chorando no chão do quarto das crianças. Estava apenas agradavelmente interessada.

– Menino! – ela disse com gentileza. – Por que você está chorando?

Peter também sabia ser extremamente educado, pois havia aprendido a se comportar em grande estilo nas cerimônias de fadas. Ele se levantou e se curvou diante dela graciosamente. Ela ficou muito satisfeita e se curvou graciosamente para ele na cama.

– Qual é o seu nome? – ele perguntou.

– Wendy Moira Angela Darling – ela respondeu com alguma satisfação. – Qual é o seu nome?

– Peter Pan.

Ela já estava certa de que ele devia ser o Peter. Mas, comparativamente, o nome lhe pareceu curto.

– Só isso?

– Sim! – ele respondeu quase rispidamente.

Pela primeira vez, sentiu que era um nome curtíssimo.

– Sinto muito – disse Wendy Moira Angela.

– Não importa – Peter engoliu em seco.

Ela perguntou onde ele morava.

– Na segunda à direita – Peter respondeu. – E, depois, direto até o amanhecer.

– Que endereço engraçado!

Peter desmoronou. Pela primeira vez, sentiu que o endereço talvez fosse engraçado.

– Não, não é – ele retrucou.

– Quero dizer... – Wendy prosseguiu, lembrando que ela era a anfitriã. – Então, é isso o que as pessoas colocam nas cartas?

Ele desejou que ela não tivesse mencionado as cartas.

– Eu nunca recebo nenhuma carta – ele falou com desdém.

– Mas a sua mãe não recebe cartas?

– Eu não tenho mãe – ele disse.

Ele não só não tinha mãe, como também não tinha o menor desejo de ter uma. Ele achava que as mães eram pessoas exageradamente valorizadas. Wendy, no entanto, sentiu de imediato que estava diante de uma tragédia.

– Oh! Peter, não é de admirar que você estivesse chorando... – ela comentou, descendo da cama e indo até ele.

– Eu não estava chorando por causa das mães! – ele afirmou, indignado. – Estava chorando porque não consigo prender a minha sombra. Além disso, eu não estava chorando...

– Ela soltou?

– Sim.

Então Wendy viu a sombra no chão, parecendo bem amarrotada, e sentiu pena do Peter.

– Que horror! – ela disse.

Mas não pôde deixar de sorrir quando viu que ele tentava grudá-la com sabão. Coisa de meninos, claro!

Felizmente, ela imediatamente soube o que fazer.

– Precisa ser costurada – ela afirmou, de um jeito quase complacente.

– O que é uma coisa costurada? – ele perguntou.

– Você é terrivelmente ignorante.

– Não, eu não sou não...

Mas ela estava exultante com a ignorância dele.

– Vou costurá-la para você, meu homenzinho – ela falou, embora ele fosse tão alto quanto ela própria.

Então, ela pegou sua cesta de costura, para costurar a sombra no pé do Peter.

– Acho que vai doer um pouco – ela avisou.

– Ora, eu não vou chorar! – disse Peter, que já achava que nunca havia chorado em sua vida.

E, assim, ele cerrou os dentes e não chorou. Logo sua sombra estava se comportando adequadamente, embora ainda um pouco enrugada.

– Talvez eu devesse tê-la passado a ferro – Wendy comentou, pensativa.

Mas Peter, como todo menino, era indiferente às aparências e agora pulava de alegria, com a mais intensa satisfação. Infelizmente, ele já havia se esquecido de que devia sua felicidade à Wendy. Ele acreditava que havia fixado a sombra a si mesmo.

– Oh! Como eu sou inteligente! – ele se vangloriava, em arrebatamento. – Ah! Que inteligência a minha!

É humilhante ter que confessar que essa presunção do Peter era uma de suas qualidades mais fascinantes. Para colocar isso com brutal franqueza, nunca houve menino mais arrogante.

Mas, nesse momento, Wendy estava chocada.

– Seu presunçoso! – ela exclamou, num tremendo deboche. – É claro, pois eu não fiz nada!

– Você fez um pouco – Peter admitiu despreocupadamente e continuou a dançar.

– Um pouco! – ela retrucou com brio. – Já que não sou útil, ao menos eu posso me retirar...

Ela pulou da maneira mais digna possível na cama e cobriu o rosto com os cobertores.

Para induzi-la a olhar para fora, ele fingiu que estava saindo. Mas, como isso não deu certo, ele se sentou na beira da cama e cutucou-a suavemente com o pé.

– Wendy – ele disse –, não se retire. Não posso deixar de me vangloriar, Wendy, quando estou satisfeito comigo mesmo.

Nem assim ela olhou para fora, ainda que estivesse escutando ansiosa.

– Wendy... – ele continuou, num tom de voz que nenhuma mulher jamais seria capaz de resistir. – Wendy! Uma menina é mais útil do que vinte meninos.

Agora Wendy era uma mulher em cada centímetro, embora ela não tivesse muitos centímetros e, então, espiou pela roupa de cama.

– Você acha mesmo, Peter?

– Sim, eu acho!

– Eu acho que você é uma perfeita doçura – ela declarou. – Eu vou me levantar de novo.

E sentou-se com ele na beira da cama. Ela também disse que lhe daria um beijo se ele quisesse, mas Peter não sabia o que ela queria dizer e estendeu a mão com expectativa.

– Será que você sabe o que é um beijo? – ela perguntou horrorizada.

– Vou saber quando você me der um – ele respondeu convencido.

Para não ferir os sentimentos dele, ela lhe deu um dedal.

– Agora – ele disse – posso lhe dar um beijo?

Ela respondeu com uma leve indiferença.

– Se você quiser, por favor...

Apesar de bastante surpresa, ela inclinou o rosto para ele. Mas ele simplesmente colocou um botão feito de casca de noz na mão dela. Ela, então, vagarosamente recuou seu rosto como estava antes e gentilmente disse que usaria o beijo dele na corrente em volta do pescoço. Foi sorte ela tê-lo colocado na corrente, porque isso depois salvou-lhe a vida.

Quando pessoas se apresentam a nós em nosso grupo, é costume umas perguntarem a idade das outras. E, assim, Wendy, que sempre gostava de fazer as coisas da maneira certa, perguntou ao Peter quantos anos ele tinha. Não era realmente uma pergunta fácil de se fazer a ele. Era quase como uma questão de gramática num exame, quando você quer que lhe perguntem sobre os reis da Inglaterra.

– Não sei – ele respondeu, desconfortável –, mas sou muito jovem.

Ele realmente não sabia nada sobre isso, tinha apenas suspeitas.

– Wendy, eu fugi de casa no dia em que nasci – ele disse, por acaso.

Wendy ficou bastante surpresa, mas interessada. Ela indicou, de uma maneira charmosa como se estivesse na sala de visitas, por um toque na camisola, que ele poderia sentar-se mais perto dela.

– Foi porque ouvi o pai e a mãe – ele explicou em voz baixa – conversando sobre o que eu seria quando me tornasse homem.

Ele ficou extraordinariamente agitado então.

– Eu não quero nunca me tornar homem – ele disse com firmeza. – Quero ser menino sempre, para poder me divertir. Então, fugi para Kensington Gardens e passei muito tempo entre as fadas.

Ela lançou um olhar da mais intensa admiração. Peter achou que foi porque tinha fugido, mas na verdade era porque ele conhecia as fadas. Wendy tinha vivido uma vida tão caseira, que conhecer fadas lhe agradaria muitíssimo. Então, fez perguntas sobre elas, para surpresa dele. Para ele, as fadas eram um pouco incômodas; atrapalhavam, e às vezes, ele tinha que escondê-las. Ainda assim, de maneira geral ele gostava delas e contou a Wendy como as fadas surgiram.

– Veja bem, Wendy, quando o primeiro bebê sorriu pela primeira vez, o riso dele se partiu em mil pedaços que saíram saltitando por aí. Foi assim que as fadas surgiram.

Era um tédio falar disso. Mas ela gostou, porque era muito caseira.

– E assim – ele continuou, com bom humor – deve existir uma fada para cada menino ou menina.

– Deve existir? Não existe?

– Não. Veja, as crianças são muito sabidas hoje em dia e logo deixam de acreditar nas fadas. Assim, toda vez que uma criança diz “Eu não acredito em fadas”, uma fada cai morta em algum lugar.

Realmente, ele achou que eles tinham conversado bastante sobre fadas e percebeu que Sininho estava muito quieta.

– Eu não posso imaginar aonde ela foi – ele falou, levantando-se e chamando Sininho pelo nome.

Wendy ficou com o coração palpitando por causa da emoção repentina.

– Peter! – ela gritou, agarrando-o. – Você não vai me dizer que tem uma fada neste quarto!

– Ela estava bem aqui, agora – ele disse um pouco impaciente. – Você consegue ouvi-la?

Os dois escutaram.

– O único som que eu ouço – Wendy disse – parece o tilintar de sinos…

– Pois bem, é a Sininho. Essa é a linguagem das fadas. Acho que eu também a ouço.

O som vinha da cômoda e Peter fez uma cara feliz. Ninguém jamais poderia parecer tão feliz como o Peter e o sorriso dele foi o murmúrio mais adorável do mundo. Era também a primeira vez que ele sorria.

– Wendy – ele murmurou alegremente –, acho que a tranquei na gaveta!

Ele deixou a pobre Sininho sair da gaveta e ela voou ao redor no quarto das crianças gritando furiosa.

– Você não deveria dizer essas coisas – Peter retrucou. – Claro que sinto muito, mas como eu poderia saber que você estava dentro da gaveta?

Wendy não estava conseguindo ouvi-lo.

– Oh, Peter! – ela gritou. – Se ela pudesse ficar parada e me deixasse vê-la um pouquinho...

– Elas quase nunca ficam paradas – ele respondeu.

Mas, por um momento, Wendy viu a figura romântica pousar no relógio de cuco para descansar.

– Oh, adorável! – ela exclamou, embora o rosto de Sininho ainda estivesse distorcido de tanta raiva.

– Sininho... – Peter falou amavelmente. – Essa dama disse que gostaria que você fosse a fada dela.

Sininho respondeu de modo insolente.

– O que ela disse, Peter?

Ele teve que traduzir.

– Ela não foi muito educada. Disse que você é uma garota grande, feia e que ela é a minha fada.

Ele tentou argumentar com Sininho.

– Você sabe que não pode ser a minha fada, Sininho, porque eu sou um cavalheiro e você é uma dama.

A isso, Sininho respondeu com estas palavras: – Seu boboca.

E desapareceu no banheiro.

– Ela é uma fada muito comum – Peter explicou em tom de desculpa. – É chamada de Sininho porque gosta de consertar panelas e chaleiras.

Nessa altura, eles estavam juntos na poltrona e Wendy lhe fez mais perguntas.

– Se você não mora em Kensington Gardens atualmente...

– Às vezes eu ainda moro.

– Mas agora onde você mora principalmente?

– Com os Garotos Perdidos.

– Quem são eles?

– São as crianças que caem dos seus carrinhos quando as babás olham para o outro lado. Se não forem reclamados em sete dias, eles são mandados para longe, para a Terra do Nunca, para custear as despesas. Eu sou capitão deles.

– Deve ser muito divertido!

– Sim! – Peter concordou, com vivacidade. – Mas estamos solitários demais. Como você pode ver, não temos companhia feminina.

– Não tem nenhuma garota?

– Ah, não! As garotas, como você sabe, são espertas demais para caírem de seus carrinhos de bebê.

Isso deixou Wendy imensamente lisonjeada.

– Eu acho – ela disse – perfeitamente adorável a maneira como você fala sobre as garotas. O João simplesmente nos despreza.

Como resposta, Peter levantou-se e chutou João para fora da cama, com cobertores e tudo. Deu um chute só. Isso pareceu a Wendy um passo em falso para um primeiro encontro e ela disse a Peter com atitude que ele não era o capitão na casa dela. No entanto, João continuou a dormir tão placidamente no chão, que ela permitiu que Peter permanecesse por ali.

– E eu sei que você queria ser gentil – ela disse, cedendo. – Então, você pode me dar um beijo.

Na hora, ela esqueceu a ignorância dele a respeito de beijos.

– Achei que você iria querê-lo de volta – ele disse um pouco amargurado, e se ofereceu para devolver o dedal a ela.

– Ora, querido... – disse a simpática Wendy. – Eu não quis dizer um beijo, eu quis dizer um dedal.

– O que é isso?

– É assim! – e ela o beijou.

– Engraçado! – Peter falou, sério. – Agora eu dou um dedal em você?

– Se você quiser – disse Wendy, dessa vez mantendo a cabeça erguida.

Peter deu um dedal nela. Ela, porém, quase imediatamente gritou.

– O que foi, Wendy?

– Foi exatamente como se alguém estivesse puxando o meu cabelo!

– Deve ter sido a Sininho. Eu nunca a vi tão impertinente antes.

E, de fato, Sininho estava zanzando por ali de novo, usando linguagem ofensiva.

– Ela diz que vai fazer isso com você, Wendy, toda vez que eu lhe der um dedal.

– Mas por quê?

– Por que, Sininho?

Mais uma vez, Sininho respondeu: – Seu boboca.

Peter não conseguia entender a razão, mas Wendy entendia. Ela ficou um pouco desapontada quando ele admitiu que foi até a janela do quarto das crianças não para vê-la, mas para ouvir histórias.

– Como você vê, não conheço nenhuma história. Nenhum Garoto Perdido conhece nenhuma história.

– Que coisa terrível – Wendy comentou.

– Você sabe – Peter perguntou – por que as andorinhas fazem ninho nos beirais das casas? É para ouvirem histórias. Oh, Wendy, a sua mãe estava lhe contando uma história tão linda…

– Qual era a história?

– Sobre o príncipe que não conseguiu encontrar a dama que usava o sapatinho de cristal.

– Peter – Wendy falou, animada –, ela era Cinderela. Ele a encontrou e eles viveram felizes para sempre!

Peter ficou tão feliz, que se levantou do chão onde eles estavam sentados e correu para a janela.

– Aonde você vai? – ela gritou apreensiva.

– Vou contar aos outros garotos.

– Não vá, Peter – ela suplicou. – Eu conheço muitas histórias.

Essas foram as exatas palavras dela. Então, não há como se negar que a tentação partiu primeiro da parte dela.

Ele voltou, agora com um olhar tão ávido no rosto, que ela deveria ter se assustado. Mas isso não aconteceu.

– Ora, quantas histórias eu poderia contar para os Garotos! – ela exclamou.

Então, Peter agarrou-a e começou a puxá-la para a janela.

– Solte-me! – ela ordenou.

– Wendy, venha comigo e conte para os outros garotos.

Claro que ela ficou muito contente com o pedido.

– Ora, querido! Eu não posso, pense na mamãe – ela argumentou. – Além disso, não sei voar.

– Eu vou lhe ensinar.

– Oh! Seria adorável voar.

– Vou lhe ensinar como pular nas costas do vento e depois iremos embora.

– Oh! – ela exclamou, extasiada.

– Wendy, Wendy, em vez de ficar dormindo em sua cama boba, você pode voar comigo dizendo coisas engraçadas para as estrelas.

– Oh!

– E, Wendy, existem sereias.

– Sereias? Com caudas?

– Com caudas bem compridas!

– Oh! – Wendy exclamou. – Eu quero ver uma sereia...

Ele havia se tornado assustadoramente convincente.

– Wendy – ele prosseguiu –, como você sabe, todos devemos respeitar você.

Ela retorcia o corpo de tanta aflição. Era como se estivesse tentando permanecer no chão do quarto das crianças.

Mas ele não tinha dó dela.

– Wendy – insistiu o espertalhão –, você poderia nos acomodar na cama à noite.

– Oh!

– Nenhum de nós jamais foi acomodado à noite.

– Oh! – E os braços dela foram para ele.

– E você poderia remendar as nossas roupas e fazer bolsos para nós. Nenhum de nós tem bolsos.

Como ela poderia resistir?

– É claro que isso é muito fascinante! – ela exclamou. – Peter, você também ensinaria o João e o Miguel a voarem?

– Se você quiser – ele respondeu, indiferente.

Ela correu para João e Miguel e os sacudiu.

– Acordem! – ela gritou. – Peter Pan chegou e vai nos ensinar a voar...

João esfregou os olhos.

– Então, eu vou me levantar – ele disse.

Claro que já estava no chão.

– Olá! – ele avisou. – Eu já estou de pé!

Miguel também estava acordado nessas alturas, parecendo tão afiado quanto uma faca com seis lâminas e uma serra. Mas, de repente, Peter sinalizou pedindo silêncio. Os rostos deles assumiram a terrível astúcia das crianças que escutam sons do mundo adulto. Estava tudo tão parado quanto o sal. Então, estava tudo certo. Não, esperem! Estava tudo errado! A Naná, que havia latido angustiada a noite toda, estava quieta agora. Foi o silêncio dela que eles ouviram.

– Fora com a luz! Escondam! Depressa! – João gritou, assumindo o comando pela única vez durante toda a aventura.

E assim, quando Liza entrou, segurando a Naná, o quarto das crianças parecia exatamente como antes, totalmente às escuras. Alguém poderia jurar que ouvia os três comparsas respirando angelicalmente enquanto dormiam. Na verdade, eles faziam isso ardilosamente por trás das cortinas da janela.

Liza estava mal-humorada, pois preparava os pudins de Natal na cozinha, quando foi arrastada de lá, ainda com uvas-passas nas bochechas, por causa das suspeitas absurdas da Naná. Ela achou que a melhor maneira de ter um pouco de sossego seria levar a Naná até o quarto das crianças por um momento, mas sob custódia, é claro.

– Aí está sua desconfiada, brutamontes – ela disse, sem se arrepender da Naná cair em desgraça. – Eles estão perfeitamente seguros, não estão? Cada um dos anjinhos dorme profundamente em sua cama. Escute a respiração suave deles.

Nesse instante, animado com o sucesso, Miguel respirou tão alto, que eles quase foram detectados. A Naná conhecia esse tipo de respiração e tentou se soltar das garras da Liza.

Peter Pan

Mas Liza era obtusa.

– Já chega, Naná – ela advertiu severamente, puxando a cachorra para fora do quarto. – Estou avisando que se você latir de novo, vou trazer o patrão e a patroa para casa direto da festa. Aí, então, fique apenas rezando para o patrão não chicotear você.

Ela prendeu de novo o infeliz animal. Mas alguém acha que a Naná parou de latir? Trazer o patrão e a patroa para casa direto da festa? Ora, era exatamente isso o que ela queria. Você acha que ela se importava de ser chicoteada, se fosse por ter cumprido com suas obrigações? Infelizmente, Liza voltou aos seus pudins e a Naná, vendo que nenhuma ajuda viria dela, puxou e repuxou a corrente até finalmente quebrá-la. Em um instante, ela invadiu a sala de jantar da casa de número 27 e atirou suas patas para o céu, que era a maneira mais expressiva de ela se comunicar. O senhor e a senhora Darling souberam imediatamente que algo terrível estava acontecendo no quarto de suas crianças e, sem se despedirem da anfitriã, correram para a rua.

Mas isso aconteceu dez minutos depois que os três comparsas estiveram respirando atrás das cortinas, e Peter Pan podia fazer muita coisa em dez minutos.

Então, vamos voltar ao quarto das crianças.

– Está tudo bem – João anunciou, saindo de seu esconderijo. – Quer dizer, Peter, que você pode realmente voar?

Em vez de se incomodar em responder, Peter voou pelo quarto, esbarrando na moldura da lareira, no caminho.

– Que legal! – disseram João e Miguel.

– Que lindo! – Wendy exclamou.

– Sim, sou lindo. Oh! Como eu sou lindo! – repetia Peter, esquecendo das boas maneiras novamente.

Parecia incrivelmente fácil. Primeiro, eles tentaram sair do chão e depois das camas, mas sempre caíam em vez de subirem.

– Quero saber uma coisa: como você faz isso? – João perguntou, esfregando o joelho.

Ele era um menino bastante prático.

– Basta você só ter pensamentos adoráveis e maravilhosos – explicou Peter –, que eles levantam você no ar!

Ele mostrou de novo.

– Você é muito rápido – disse João. – Não poderia fazer isso bem devagar pelo menos uma vez?

Peter fez bem devagar e bem depressa.

– Eu consegui agora, Wendy! – João gritou, mas logo descobriu que não tinha conseguido.

Nenhum deles conseguia voar nem um centímetro, embora até o Miguel conhecesse palavras com duas sílabas e o Peter nem soubesse dizer o alfabeto de "A" a "Z".

É claro que Peter estava se aproveitando deles, pois ninguém pode voar a menos que poeira de fada seja soprada em cima dessa pessoa. Felizmente, como mencionamos, uma das mãos dele estava suja dessa poeira e ele soprou um pouco em cada uma das crianças, com excelentes resultados.

– Agora, apenas mexam os ombros assim – ele disse – e soltem-se.

Estavam todos em suas camas e o valente Miguel foi em primeiro lugar. Ele não queria se soltar muito, mas fez isso e imediatamente foi levado para o outro lado do quarto.

– Eu voei! – ele gritava, enquanto ainda estava no ar.

João se soltou e encontrou Wendy perto do banheiro.

– Oh! Adorei!

– Oh! Demais!

– Olhem para mim!

– Olhem para mim!

– Olhem para mim!

Eles não eram tão elegantes quanto o Peter e não conseguiam deixar de se esbarrarem um pouco, mas estavam com a cabeça encostando no teto e era quase impossível existir algo mais delicioso do que isso. No começo, Peter deu a mão para Wendy, mas teve que desistir, pois Sininho estava muito indignada.

Eles subiram e desceram e deram voltas e mais voltas. "Celestial" era a palavra certa para a Wendy.

– Ei! – gritou João. – Por que todos nós não saímos?

Claro que era para isso que Peter procurava atraí-los.

Peter Pan

Miguel estava pronto. Queria ver quanto tempo demorava para viajar um bilhão de quilômetros, mas Wendy hesitava.

– Sereias! – Peter repetiu.

– Oh!

– E, também, piratas...

– Piratas! – João exclamou, pegando sua cartola de domingo. – Vamos logo.

Foi exatamente nesse momento que o senhor e a senhora Darling saíram em disparada com a Naná da casa de número 27. Eles correram para o meio da rua, olhando para a janela do quarto das crianças. Sim, ainda estava fechada, mas o quarto parecia estar em chamas com tanta luz e, na visão mais tocante de todas, eles podiam ver na sombra da cortina três pequenas figuras em trajes noturnos circulando ao redor, não no chão, mas no ar.

Mas não eram três figuras, eram quatro!

Trêmulos, eles abriram a porta da rua. O senhor Darling queria correr para o andar de cima, mas a senhora Darling fez um sinal para que ele fosse com calma. Ela até tentou fazer com que seu coração se acalmasse.

Será que conseguiriam chegar a tempo no quarto das crianças? Se conseguissem, que coisa maravilhosa teria sido para eles. Todos nós soltaríamos um suspiro de alívio, mas não haveria nenhuma história para contar. No entanto, se eles não chegarem a tempo, eu prometo solenemente que tudo isso vai acabar dando certo no final.

Eles teriam chegado ao quarto das crianças a tempo se as estrelinhas não os estivessem observando. Mais uma vez, as estrelas escancararam a janela e a menor estrelinha avisou:

– Cuidado, Peter!

Então, Peter soube que não havia um momento a perder.

– Vamos! – ele gritou imperativamente.

E, subiu como um rojão pela noite, imediatamente seguido por João, Miguel e Wendy.

O senhor e a senhora Darling e a Naná chegaram tarde demais ao quarto das crianças. Os passarinhos haviam voado.

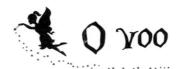

O voo

— Segunda à direita e, depois, direto até o amanhecer.

Peter tinha dito a Wendy que esse era o caminho para a Terra do Nunca. Mas mesmo os pássaros carregando mapas e consultando-os em recantos nebulosos, não poderiam tê-la avistado com essas instruções. Peter, como se sabe, apenas disse alguma coisa que lhe veio à cabeça.

A princípio, seus companheiros confiaram nele implicitamente, e tão grande era a delícia de voar, que eles passaram algum tempo circulando em torno de torres de igrejas ou quaisquer outros objetos altos que lhes agradassem pelo caminho.

João e Miguel apostaram corrida, com Miguel saindo na frente.

Relembraram, com pouco caso, que não fazia muito tempo eles se consideravam bons demais porque conseguiam voar ao redor do quarto.

Não fazia muito tempo. Mas quanto tempo? Eles já estavam voando sobre o mar antes que esse pensamento começasse a incomodar Wendy seriamente. João achava que era o segundo mar e a terceira noite deles.

Às vezes escurecia e às vezes clareava. Uma hora eles sentiam muito frio e depois estava calor demais. Será que realmente sentiam fome às vezes ou estavam apenas fingindo porque Peter tinha um jeito completamente novo de alimentá-los? O jeito dele era perseguir pássaros que tinham em suas bocas comidas adequadas para seres humanos, para roubá-las deles. Então os pássaros o seguiam e as pegavam de volta. E, assim, eles se perseguiam alegremente por quilômetros, separando-se no final com expressões mútuas de afeto. Wendy, porém, percebeu com certa preocupação que Peter não parecia saber que essa era uma maneira bem estranha de se conseguir pão e manteiga, ou sequer que existiam outras maneiras de se fazer isso.

Eles, com certeza, não fingiam estar com sono: eles estavam com sono. E isso era um perigo, pois no momento em que apagavam, eles caíam direto. O mais terrível era que Peter achava isso engraçado.

— Lá vai ele de novo! — ele gritava alegremente, quando de repente Miguel caiu como uma pedra.

— Salve-o, salve-o! — gritou Wendy, olhando com horror para o mar inclemente lá embaixo.

Peter Pan

Por fim, Peter mergulhou no ar e alcançou o Miguel um pouco antes de ele atingir o mar. Foi adorável a maneira como fez isso, mas ele sempre esperava até o último momento e você percebia que era a habilidade dele que o interessava e não a salvação de uma vida humana. Ele também gostava de variedade e o esporte que o ocupava em determinado momento de repente deixava de envolvê-lo no instante seguinte. Então, havia sempre a possibilidade de que, da próxima vez que alguém caísse, ele deixasse essa pessoa ir.

Ele podia dormir no ar sem cair, simplesmente flutuando deitado de costas. Mas isso acontecia, em parte pelo menos, porque ele era tão leve que se alguém ficasse atrás dele e disparasse, ele iria mais rápido.

– Seja mais educado com ele! – Wendy sussurrou para João, quando eles estavam brincando de "seguir o mestre".

– Então diga para ele parar de se exibir – João retrucou.

Quando estava brincando de "seguir o mestre", Peter voava tão perto da água, que tocava na barbatana dos tubarões, assim como alguém que na rua passa o dedo ao longo de uma grade de ferro. Como eles não conseguiam segui-lo nisso com muito sucesso, talvez ele fizesse isso para se mostrar, especialmente quando olhava para trás e via quantas barbatanas eles perdiam.

– Vocês têm que ser legais com ele – Wendy pressionava seus irmãos. – O que faríamos se ele nos deixasse?

– Nós poderíamos voltar –Miguel respondeu.

– Como encontraríamos o caminho de volta sem ele?

– Bem, então poderíamos continuar! – emendou João.

– Esse é o terrível problema, João. Nós temos que continuar, porque não sabemos como parar.

Isso era verdade, Peter havia esquecido de mostrar a eles como parar.

João disse que, se o pior acontecesse, tudo o que precisavam fazer era seguirem sempre em frente, pois o mundo era redondo e, com o tempo, eles acabariam voltando para a janela da casa deles.

– E quem conseguiria comida para nós, João?

– Eu dei um belo cutucão no bico dessa águia agora há pouco, Wendy.

– Depois da vigésima tentativa – lembrou Wendy. – E, apesar de termos ficado bons em pegar comida, veja como trombamos nas nuvens e em outras coisas se ele não estiver perto para nos dar uma mão.

Na verdade, eles estavam constantemente trombando. Agora, já podiam voar com força, embora ainda esbarrassem demais. Mas, se vissem uma nuvem à frente, quanto mais tentassem evitá-la, certamente mais trombariam nela. Se a Naná estivesse com eles, ela teria feito um curativo na testa do Miguel.

Peter não estava com eles nesse momento e eles se sentiam abandonados, sozinhos lá em cima. Ele podia voar muito mais rápido do que eles e, de repente, sumia de vista, rumo a alguma aventura em que eles não tinham nenhuma participação. Ele descia rindo de algo tremendamente engraçado que havia dito a uma estrela, mas que já havia esquecido o que era, ou aparecia com escamas de sereia ainda grudadas nele e ainda assim não era capaz de dizer com certeza o que tinha acontecido. Isso era realmente irritante para crianças que nunca tinham visto uma sereia.

– Mas, se ele as esquece tão rapidamente – Wendy questionou –, como podemos esperar que continue se lembrando de nós?

De fato, às vezes, quando voltava, ele não se lembrava deles, pelo menos não muito bem. Wendy tinha certeza disso. Ela viu reconhecimento entrar nos olhos dele quando estava prestes a passar por eles indo embora no fim do dia. Uma vez ela teve até que dizer-lhe o seu próprio nome.

– Eu sou a Wendy – ela disse agitada.

Ele ficou arrasado.

– Eu vou lhe dizer uma coisa, Wendy – ele cochichou para ela –, sempre que perceber que estou esquecendo de você, basta continuar dizendo "eu sou a Wendy". Então, eu vou me lembrar.

Claro que isso era muito insatisfatório. No entanto, para fazer as pazes, mostrou como deviam se deitar no vento forte que vinha em direção a eles. Essa foi uma mudança tão agradável, que eles experimentaram várias vezes e descobriram que podiam dormir assim com segurança. Na verdade, eles até dormiriam mais tempo, mas

Peter Pan

Peter rapidamente se cansou de dormir e logo gritou com sua voz de capitão:

– Vamos embora daqui.

Assim, com brigas ocasionais, mas sempre de brincadeira, eles se aproximaram da Terra do Nunca. Depois de muitas luas, eles conseguiram alcançá-la e, o que é melhor, foram seguindo direto o tempo todo, talvez nem tanto devido à orientação do Peter ou da Sininho, mas porque a ilha esperava por eles. É somente assim que alguém pode ver aquelas praias mágicas.

– Lá está ela! – Peter disse calmamente.

– Onde, onde?

– Ali, para onde todas as flechas estão apontando.

De fato, um milhão de flechas de ouro apontavam a ilha para as crianças, todas dirigidas pelo amigo delas, o sol, que queria que elas tivessem certeza do caminho antes de deixá-las para que a noite passasse.

Wendy, João e Miguel ficaram na ponta dos pés, no ar, para terem a primeira visão da ilha. Estranho dizer que todos a reconheceram imediatamente e, até que o medo recaísse sobre eles, saudaram-na, não como algo com que sonhavam e que viram afinal, mas como um amigo íntimo, para a casa de quem voltavam para passar férias.

– João, lá está a lagoa.

– Wendy, olhe as tartarugas enterrando seus ovos na areia.

– Vou lhe dizer uma coisa, João, estou vendo o seu flamingo com a perna quebrada!

– Olha, Miguel, lá está a sua caverna!

– João, o que é isso no matagal?

– É um lobo com seus filhotes. Wendy, acho que é o seu filhotinho!

– Lá está o meu barco, João, com as amuradas em chamas!

– Não, não é. Afinal, nós queimamos o seu barco.

– De qualquer forma eu sei que é ele. João, estou vendo a fumaça do acampamento dos peles-vermelhas!

– Onde? Mostre-me e eu lhe direi pelo jeito dos rolos de fumaça se eles estão a caminho da guerra.

– Ali, do outro lado do Rio Misterioso.

– Estou vendo agora. Sim, eles estão mesmo a caminho da guerra.

Peter estava um pouco aborrecido com eles por saberem de tantas coisas. Mas, se quisesse dominá-los, o trunfo estava em suas mãos, pois eu não disse que em breve o medo cairia sobre eles?

E, caiu de fato, quando as flechas foram embora, deixando a ilha em escuridão total.

Nos velhos tempos em casa, a Terra do Nunca sempre começava parecendo um pouco sombria e ameaçadora na hora de dormir. Então, territórios inexplorados surgiam e se espalhavam por ela. Sombras negras se moviam ao redor deles. O rugido das feras era bem diferente agora e, sobretudo, qualquer um perderia a certeza de que venceria. Qualquer um ficaria muito feliz com lamparinas acesas. E até gostaria que Naná dissesse que aquilo era apenas a lareira do lugar e que a Terra do Nunca não passava de faz de conta.

É claro que a Terra do Nunca era de faz de conta naquela época. Mas agora ela era real, e, sem nenhuma lamparina, estava ficando cada vez mais escuro a cada momento. E onde estava a Naná?

Eles estiveram voando separados, mas naquele momento se amontoavam perto do Peter. O jeito descuidado dele tinha finalmente desaparecido, seus olhos brilhavam e um comichão passava por eles toda vez que esbarravam em seu corpo. Agora eles estavam na temível ilha, voando tão baixo, que às vezes uma árvore roçava em seus pés. Nada desagradável era visível no ar, mas o avanço deles se tornara lento e difícil, exatamente como se estivessem abrindo caminho em meio a forças hostis. Às vezes, eles ficavam suspensos no ar até o Peter socá-las.

– Não querem que a gente aterrisse – ele explicava.

– Quem são? – Wendy sussurrou, estremecendo.

Mas ele não podia ou não queria responder. Sininho dormia em seu ombro. Então, ele a acordou e a mandou na frente.

Às vezes, ele pairava no ar, escutando atentamente, com a mão no ouvido, e olhava de novo com olhos tão penetrantes, que pareciam fazer dois buracos na terra. Depois de fazer essas coisas, prosseguia.

A coragem dele era quase espantosa.

– Vocês gostariam ter de uma aventura agora, ou preferem tomar chá antes? – ele disse casualmente para João.

– O chá antes! – Wendy respondeu prontamente.

Miguel apertou a mão dela agradecido. Mas João, mais corajoso, hesitou.

– Que tipo de aventura? – ele perguntou cauteloso.

– Tem um pirata dormindo nos pampas logo abaixo de nós – Peter disse a ele. – Se você quiser, podemos descer e matá-lo.

– Eu não o estou vendo – João disse após uma longa pausa.

– Eu estou.

– Suponha – João disse, meio rouco – que ele acorde.

Peter retrucou indignado.

– Você não acha que eu iria matá-lo enquanto ele dorme! Vou acordá-lo antes, para matá-lo depois. É assim que eu sempre faço.

– Entendo! Você mata muitos?

– Toneladas!

– Incrível... – João admirou-se, mas decidiu tomar o chá antes. Então, perguntou se havia muitos piratas na ilha. Peter disse que nunca havia visto tantos.

– Quem é o capitão deles agora?

– Gancho – Peter respondeu e seu rosto ficou totalmente consternado quando ele pronunciou essa odiada palavra.

– Sei. Gancho?

– É.

Então, de fato, Miguel começou a chorar e até João só conseguia falar em soluços, pois eles conheciam a reputação do Gancho.

– Ele foi imediato do Barba Negra – João sussurrou rouco. – É o pior de todos. Era o único homem que o Barbecue temia.

– É esse mesmo – Peter confirmou.

– Como ele é? Grande?

– Não tão grande como era.

– O que você quer dizer?

– Eu cortei um pedaço dele fora.

– Você?

– Claro, eu! – Peter respondeu, indignado.

– Eu não estava querendo ser desrespeitoso.

– Ah! Tudo bem.

– Mas, quero saber, qual pedaço?

– A mão direita.

– Então agora ele não pode mais lutar?

– Ora, claro que pode!

– Ele é canhoto?

– Ele tem um gancho de ferro, em vez da mão direita. Com garras...

– Com garras?

– Foi o que eu disse, João – Peter reiterou.

– Sim.

– Isso. Então, é isso, senhor.

– Sei. Então, é isso, senhor.

– Mas tem uma coisa – continuou Peter – que todo menino que serve comigo tem que prometer e você também vai fazer isso.

João empalideceu.

– É o seguinte: se encontrarmos o Gancho em luta aberta, você tem que deixá-lo para mim.

– Eu prometo – João concordou, com lealdade.

Nesse momento, eles estavam se sentindo menos estranhos, porque Sininho voava com eles e, com a luz dela, eles podiam distinguir um ao outro. Infelizmente ela não conseguia voar tão devagar quanto eles e assim tinha que dar voltas, colocando-os em um círculo de luz no qual se moviam como num halo. Wendy gostou bastante, até que Peter apontou o inconveniente.

– Ela me disse – ele comentou – que os piratas nos avistaram antes que a escuridão chegasse e foram pegar o Long Tom.

– O canhão?

– Sim. E é claro que eles viram a luz dela. E se acharem que estamos por perto, com certeza vão dispará-lo.

– Wendy!

– João!

– Miguel!

– Diga a ela para ir embora logo de uma vez, Peter – os três gritaram ao mesmo tempo, mas ele se recusou.

– Ela acha que perdemos o caminho – ele respondeu aborrecido. – E está muito assustada. Vocês acham que vou mandá-la embora sozinha enquanto ela está assustada?

Peter Pan

Por um momento, o círculo de luz foi quebrado e alguma coisa deu um pequeno beliscão amoroso em Peter.

– Então diga a ela – Wendy implorou – que apague a luz.

– Ela não consegue apagar. Essa é a única coisa que as fadas não podem fazer. Só sai dela quando ela adormece, como acontece com as estrelas.

– Então diga a ela para dormir logo de uma vez – João quase ordenou.

– Ela não consegue dormir, a não ser quando está com sono. É a única outra coisa que as fadas não conseguem fazer.

– Parece-me – João rosnou – que essas são as duas únicas coisas que valem a pena fazer.

Aqui ele levou um beliscão, porém nada amoroso.

– Se ao menos um de nós tivesse um bolso – disse Peter –, poderíamos carregá-la dentro dele.

Mas eles haviam partido com tamanha pressa, que nenhum dos quatro tinha bolso.

Então, Peter teve uma ideia feliz: a cartola do João!

Sininho concordou em viajar assim, se a cartola fosse levada na mão. João carregou-a, embora ela esperasse ser levada por Peter. Em pouco tempo, Wendy pegou a cartola, porque João disse que ela ficava batendo em seu joelho enquanto ele voava. Mas isso, como veremos, causaria encrenca, pois Sininho odiava ficar devendo favores à Wendy.

Dentro da cartola preta a luz ficava completamente escondida e eles voaram em silêncio. Era o silêncio mais completo que eles jamais tinham presenciado, quebrado uma vez por uma lambida distante, que Peter explicou serem animais selvagens bebendo água no regato, e novamente por um ruído áspero, que poderiam ser os galhos das árvores roçando juntos, mas que ele disse que eram os peles-vermelhas afiando suas facas.

Até mesmo esses ruídos cessaram. Para Miguel, a solidão era terrível.

– Se ao menos alguma coisa fizesse algum som! – ele exclamou.

Como se fosse em resposta ao pedido dele, o ar foi rasgado pelo mais tremendo estrondo já ouvido. Os piratas haviam disparado Long Tom contra eles.

O estouro ecoou pelas montanhas e os ecos pareciam gritar selvagemente "Onde eles estão, onde estão, onde estão?".

Assim, os três apavorados aprenderam a diferença que existe entre uma ilha de faz de conta e a mesma ilha quando ela se torna realidade.

Quando afinal os céus ficaram firmes novamente, João e Miguel se encontraram sozinhos na escuridão. João trilhava o ar mecanicamente e Miguel, mesmo sem saber como flutuar, estava flutuando.

– Você foi atingido? – João sussurrou, trêmulo.

– Ainda não verifiquei – Miguel sussurrou de volta.

Bem, como todos nós já sabemos, ninguém foi atingido. Peter, no entanto, tinha sido arrastado para o mar distante pelo deslocamento de vento do tiro, enquanto Wendy foi soprada para cima sem outra companhia além da Sininho.

Teria sido bom para a Wendy se naquele momento ela tivesse largado a cartola.

Não se sabe se a ideia veio de repente para Sininho, ou se ela planejou isso no caminho, mas imediatamente ela saiu da cartola e começou a atrair Wendy para a destruição.

Sininho, que não era sempre totalmente má, se tornou então totalmente má. Mas, em contrapartida, às vezes ela era totalmente boa. As fadas têm que ser uma coisa ou outra, porque sendo tão pequenas, infelizmente, elas só têm espaço para uma sensação de cada vez. Elas, no entanto, têm autorização para mudar, só que deve ser uma mudança completa. Nesse momento, ela estava cheia de ciúme da Wendy. O que ela disse em seu adorável tilintar, mas é claro que Wendy não podia entender. É possível que fossem alguns palavrões, mas soava como algo gentil e ela voava para frente e para trás, claramente querendo dizer: "Siga-me, que tudo ficará bem".

O que mais a pobre Wendy poderia fazer? Ela chamou Peter, João e Miguel, mas só obteve ecos zombeteiros como resposta. Ela ainda não sabia que Sininho a odiava com um ódio tão feroz quanto o de uma mulher de verdade. E, então, perplexa e cambaleante em seu voo, ela seguiu Sininho rumo à destruição.

A ilha se torna realidade

Sentindo que Peter estava voltando, a Terra do Nunca despertou cheia de vida. Talvez fosse melhor usar o verbo no tempo mais-que-perfeito e dizer que "despertara". Mas "despertou" é melhor e era sempre usado por Peter.

Na ausência dele, as coisas costumam ser tranquilas na ilha. As fadas acordam uma hora mais tarde pela manhã, as feras cuidam de seus filhotes, os peles-vermelhas enchem a pança durante seis dias e seis noites e quando os piratas e os Garotos Perdidos se encontram, eles simplesmente mostram a língua uns para os outros. Mas, com a chegada de Peter, que odeia a letargia, todos se agitam novamente. Se alguém encostar o ouvido no chão agora, ouvirá a ilha toda em polvorosa, fervilhando de vida.

Nessa noite, as principais forças da ilha estavam dispostas da seguinte forma: os Garotos Perdidos estavam à procura de Peter, os piratas estavam à procura dos Garotos Perdidos, os peles-vermelhas estavam à procura dos piratas e as feras estavam à procura dos peles-vermelhas. Todos davam voltas e mais voltas na ilha, mas não se encontravam, porque seguiam na mesma marcha.

Todos queriam ver sangue, menos os Garotos, que em geral gostavam disso, mas nessa noite saíram para cumprimentar seu capitão. O número de Garotos da ilha varia, é claro, conforme eles são mortos, e assim por diante. Além disso, quando eles parecem estar crescendo, o que é contra as regras, Peter os afasta. Dessa vez, porém, havia seis deles, contando os gêmeos como dois. Então, vamos fingir que estamos no meio da plantação de cana-de-açúcar e observá-los enquanto eles passam em fila indiana, cada um com a mão em seu punhal.

Eles são proibidos por Peter de se parecerem minimamente com ele e vestem peles de ursos mortos por eles próprios, as quais são tão grossas e peludas, que, quando escorregam, eles tropeçam nelas. Assim, portanto, eles se tornaram uma turma muito com os pés no chão.

O primeiro deles a passar foi o Tootles, que não é o menos corajoso, mas é o mais infeliz de todos nesse bando valente. Ele participava de menos aventuras do que qualquer um dos demais, porque as grandes coisas sempre aconteciam depois que ele virava a esquina. Sempre, quando tudo estava quieto, ele aproveitava a oportunidade para recolher alguns gravetos de lenha para a fogueira e, quando voltava, os outros já estavam varrendo o sangue. Essa má sorte colocava-lhe uma suave melancolia no semblante, mas, em vez de azedar sua natureza, adoçava-a, de modo que ele era o mais humilde dos garotos.

Pobre dócil Tootles, há perigo no ar para ele nessa noite. Tome cuidado para que não lhe seja oferecida uma aventura que, se for aceita, o mergulhará na mais profunda aflição. Tootles, a fada Sininho, que está tramando maldades nessa noite, está procurando uma ferramenta e acha que você é o menino mais fácil de ser enganado. Tome cuidado com a Sininho!

Talvez ele pudesse nos ouvir, mas como não estamos realmente na ilha, ele passa por nós roendo as unhas.

Em seguida, veio o Nibs, alegre e gentil, seguido de Slightly, que faz apitos de galhos cortados das árvores e dança suas próprias músicas em êxtase. Slightly é o mais vaidoso dos garotos. Ele acha que se lembra de seus modos e costumes dos dias antes de se perder e isso deixa seu nariz em arrogante posição empinada. Curly foi o quarto. Ele é literalmente um "pepino" e muitas vezes tem que entregar sua pessoa quando Peter fica sério e fala: "Que se levante quem fez isto". Tanto que, agora, ao escutar essa ordem, ele já se levanta automaticamente, quer tenha feito alguma coisa ou não. Por último, vieram os gêmeos, que não podem ser descritos, porque precisamos ter certeza de que não estamos descrevendo o errado. Peter nunca soube quem eram os gêmeos e seu bando não tinha permissão para saber nada que ele não soubesse, então esses dois estavam sempre inseguros a respeito de si mesmos e faziam o possível para dar satisfações, mantendo-se sempre juntos, prontos para se desculparem.

Os garotos desapareceram na penumbra e depois de uma pausa, mas não de uma pausa longa, para que as coisas se animassem na ilha, vieram os piratas em suas trilhas. Eles podem ser escutados antes de serem vistos, pois estão sempre cantarolando e repetindo a mesma terrível ladainha:

Peter Pan

"Na vasta imensidão, *yo ho,* vamos nos lançar!
Lá vamos nós, a piratear
E, se por acaso, um de nós um tiro levar
No fundo do inferno, vamos nos encontrar!".

Nenhuma corja de aparência mais vil jamais foi enforcada em fila no Cais da Execução, em Londres. Assim, um pouco adiantado, de vez em quando encostando a cabeça no chão para escutar, exibindo enormes braços nus, moedas de prata penduradas como brincos nas orelhas, seguia o belo italiano Cecco, que riscou seu nome em letras de sangue nas costas do governador da prisão de Gao. Aquele negro gigantesco, atrás dele, já teve vários nomes desde que abandonou o nome com o qual as mães de pele morena ainda aterrorizam seus filhos nas margens do Rio Guadjo-mo. Em seguida, vinham o Bill Jukes, que tem cada centímetro do corpo tatuado, o mesmo Bill Jukes que tomou seis dúzias de chicotadas no *Walrus* do Flint, antes de deixar cair um saco de moedas de ouro portuguesas; depois, Cookson, que é considerado irmão do Black Murphy (mas isso nunca foi provado); Gentleman Starkey, que uma vez foi diretor de uma escola pública e continua sendo extremamente bem-educado em seus modos de matar; Skylights, o *Claraboia* do capitão Morgan; o imediato irlandês Smee, um homem estranhamente genial que esfaqueava, por assim dizer, sem ferir, e o único que não era protestante na tripulação do Gancho; Noodler, cujas mãos ficavam viradas de costas para trás; Robt Mullins, Alf Mason e muitos outros pilantras, há muito conhecidos e temidos nas colônias espanholas.

No meio deles, como a maior e mais sinistra joia dessa vitrine obscura, reclinava-se James Hook, o Gancho, ou como ele mesmo escrevia, Jas Gancho, de quem se dizia que era o único homem temido pelo famigerado Long John Silver, também conhecido pelo apelido de *Barbecue.* Ele vinha bem à vontade, deitado numa tosca carroça puxada e empurrada por seus asseclas e, em vez da mão direita, tinha um gancho de ferro com o qual sempre e sem demora os estimulava a apertarem o passo. Como cães, esse homem terrível os tratava e a eles se dirigia, e, como cães, eles o obedeciam. Pessoalmente, ele era cadavérico e carrancudo. Seu cabelo era guarnecido de longos cachos, que de perto pareciam longas velas pretas espiraladas de candelabro e davam uma expressão singularmente ameaçadora ao seu magnífico semblante. Seus olhos eram azuis, como flores de não-me-esqueças, profundamente melancólicos, exceto quando ele mergulhava o gancho em alguém, nesses casos duas manchas vermelhas em chamas surgiam neles, incendiando-os tenebrosamente. De certa forma, um certo ar de *grand seigneur* ainda emanava dele, de modo que anulava qualquer um com sua pose insolente. Também diziam que ele era muito espirituoso, um exímio contador de causos. Ele jamais era tão sinistro do que quando se mostrava bem-educado, o que provavelmente talvez fosse seu mais verdadeiro teste de linhagem. A elegância de sua dicção, mesmo quando xingava e que não era menor do que a distinção de seu comportamento, fazia dele alguém de uma casta diferente do resto de sua tripulação. Homem de coragem indomável, a única coisa da qual se dizia que ele se esquivava era da visão de seu próprio sangue, que era espesso e de uma cor rara. Ao se vestir, ele de algum modo procurava imitar a indumentária extravagante associada ao nome de Charles II, talvez porque, em algum período anterior de sua carreira, ele tivesse ouvido alguém dizer que haveria uma estranha semelhança dele com os malfadados Stuarts. E, em sua boca, ele tinha uma piteira dupla, inventada por ele próprio, que lhe permitia fumar dois charutos de uma só vez. Mas, sem dúvida, a parte mais sinistra dele era sua garra de ferro.

Agora, vamos matar um pirata para mostrar o método do Gancho. Skylights vai servir. Quando passa, Skylights esbarra desajeitadamente nele, desalinhando sua gola rendada. Então, o gancho é arremessado, um som de rasgar e um grito lancinante podem ser ouvidos. Em seguida, o corpo é chutado de lado e os piratas seguem seu caminho. Ele sequer tira os charutos da boca.

É contra esse homem terrível que Peter Pan tem que se defrontar. Quem vencerá?

No rastro dos piratas, esgueirando-se silenciosamente em fila indiana pelas veredas da guerra, que não são visíveis para olhos inexperientes, vinham os peles-vermelhas, cada um deles de olhos bem arregalados. Eles carregavam machadinhas e facas e seus corpos nus reluziam de tinta e óleo. Amarrados em volta deles havia escalpos, de garotos e de piratas também, pois eles são da tribo Piccaninny e não devem ser confundidos com os Delawares, nem com os Hurons, de coração mole. À frente, engatinhando, seguia Grande Enorme Pequena Pantera, um bravo com tantos escalpos que, na posição em que ele estava nesse momento, de certa forma prejudicavam seu avanço. Subindo pela retaguarda, no lugar de maior perigo, vinha Tiger Lily, orgulhosamente aprumada, uma princesa por mérito próprio. Ela é a mais bonita das Dianas morenas e a *belle* dos Piccaninnies, graciosa, às vezes fria, às vezes amável. Não havia um bravo que não quisesse a moça rebelde para esposa, mas ela se mantinha afastada do altar com uma machadinha.

Observe agora como eles passavam por sobre os galhos caídos sem fazerem o menor ruído. O único som que podia ser ouvido era a respiração deles, um tanto ofegante. O fato é que estavam todos um pouco gordos agora, depois de tanta comilança, mas com o tempo eles resolveriam isso. Nesse instante, porém, isso se constituía no principal perigo para eles.

Os peles-vermelhas desapareciam como se fossem sombras e logo seu lugar era tomado pelas feras, numa procissão longa e heterogênea: leões, tigres, ursos e os inúmeros seres selvagens menores que fogem deles, pois todo tipo de animal e, mais particularmente, todos os comedores de gente vivem lado a lado nessa ilha favorita. Nessa noite, todos estavam com a língua de fora, todos estavam famintos.

Assim que eles passaram, veio a última figura, um gigantesco crocodilo. Logo veremos quem ele estava procurando.

O crocodilo passou, mas então os garotos reapareceram, já que a procissão deveria continuar passando indefinidamente, até que uma das partes parasse ou mudasse de ritmo. Senão, imediatamente eles acabariam uns em cima dos outros.

Todos mantinham o olhar aguçado na frente, pois ninguém suspeitava que o perigo pudesse se esgueirar por trás. Isso mostra como a ilha é real.

Os primeiros a saírem do círculo em movimento foram os Garotos. Eles se jogaram no gramado, perto de sua casa subterrânea.

– Eu gostaria que o Peter voltasse – cada um deles dizia nervoso, embora tanto em altura como, ainda mais, em largura fossem maiores do que seu capitão.

– Eu sou o único que não tem medo dos piratas – disse Slightly, num tom que impedia que ele se tornasse o favorito geral.

No entanto, talvez algum som distante o tenha perturbado, pois acrescentou apressadamente:

– Mas eu gostaria que ele voltasse e nos contasse se ouviu alguma coisa a mais sobre a Cinderela.

Eles haviam conversado sobre Cinderela, e Tootles estava confiante de que a mãe devia ser muito parecida com ela.

Era só na ausência de Peter que eles podiam falar de mães, pois o assunto era proibido por ele como sendo "bobagem".

– Tudo que o que eu lembro da minha mãe – Nibs falou – é que ela costumava dizer ao meu pai: "Ah, como eu gostaria de ter o meu próprio talão de cheques!". Eu não sei o que é um talão de cheques, mas eu adoraria dar um para a minha mãe.

Enquanto conversavam, eles ouviram um som distante. Você ou eu, que não somos seres selvagens da floresta, não teríamos ouvido nada, mas eles ouviram e era uma cantoria sombria:

"*Yo ho, yo ho,* como é boa a vida do pirata,

Da bandeira preta com a caveira branca de ossos cruzados

De momentos felizes e uma corda de cânhamo,

E uma saudação para Davy Jones".

Então, de uma só vez, os Garotos Perdidos... Sumiram! Mas para onde eles foram? Não estavam mais ali! Coelhos não teriam desaparecido tão rapidamente. Para onde será que eles foram? Com exceção do Nibs, que disparou na frente para fazer reconhecimento, eles já estavam em casa, embaixo da terra, uma residência muito agradável da qual teremos em seguida uma ideia bastante boa. Mas como eles chegaram lá? Já que não havia nenhuma entrada que pudesse ser vista, nada parecido com uma pilha de lenha da floresta, que, se removida, revelaria a boca de uma caverna. Mas se você observar atentamente, poderá notar que por ali existem sete grandes árvores, cada uma delas com um buraco no tronco oco do tamanho de um garoto. Essas são as sete entradas para a casa embaixo da terra, as quais Gancho tem procurado em vão por muitas luas. Será que ele vai encontrá-las nesta noite?

PETER PAN

Quando os piratas avançaram, o olhar rápido do Starkey percebeu Nibs desaparecendo no bosque. Imediatamente, ele sacou sua pistola. Mas uma garra de ferro segurou-o pelo ombro.

– Capitão! Solte-me... – ele protestou, retorcendo-se.

Nesse momento, pela primeira vez, ouviu-se a voz do Gancho. Era uma voz sinistra.

– Guarde a pistola de volta antes disso – ele ordenou, ameaçador.

– Mas era um daqueles garotos que você odeia. Eu poderia tê-lo matado.

– É! E o som teria trazido os peles-vermelhas de Tiger Lily para cima de nós. Você quer ser escalpelado? Quer perder o couro cabeludo?

– Devo segui-lo, capitão – o patético Smee perguntou –, e fazer-lhe cócegas com o Johnny Corkscrew?

Smee tinha nomes agradáveis para tudo e o cutelo dele chamava--se Johnny Corkscrew – ou Johnny *Saca-rolhas* – porque era com isso que ele cutucava feridas. É possível mencionar muitos traços adoráveis do Smee. Por exemplo, depois de matar, ele limpava os óculos, em vez da arma.

– O Johnny é um camarada silencioso – Gancho relembrou, pensativo. – Mas agora não, Smee – continuou secamente. – Ele é apenas um e eu quero estropiar todos os sete. Espalhem-se e procurem por eles.

Os piratas desapareceram entre as árvores e, em um momento, o capitão e Smee estavam sozinhos. Gancho soltou um suspiro profundo. Não se sabe por que isso aconteceu, talvez tenha sido por causa da beleza suave da noite, mas surgiu nele o desejo de confidenciar ao seu fiel imediato a história de sua vida. Ele falou longa e sinceramente, mas a respeito do que se tratava, Smee, que era bastante estúpido, não estava entendendo nada.

Apesar disso, logo depois, ele conseguiu captar a palavra "Peter".

– Acima de tudo – Gancho dizia entusiasmado –, eu quero o capitão deles, Peter Pan. Ele cortou o meu braço – ele brandiu o gancho ameaçadoramente no ar. – Estou esperando há muito tempo para apertar a mão dele com isto. Ah! Eu vou despedaçá-lo!

– No entanto – Smee comentou –, muitas vezes tenho ouvido você dizer que o gancho vale por um monte de mãos, para pentear o cabelo e ainda para outros usos caseiros.

– É verdade! – respondeu o capitão. – Se eu fosse mãe, rezaria para que os meus filhos nascessem com isto, em vez disto.

E ele lançou um olhar de orgulho para a mão de ferro e outro de desprezo para a outra mão. Então, novamente franziu a testa.

– Peter jogou o meu braço – ele contou, estremecendo – para um crocodilo que estava passando por acaso.

– Muitas vezes – Smee revelou – eu tenho notado o seu estranho medo de crocodilos.

– Não é de crocodilos – Gancho corrigiu. – Mas desse crocodilo… – ele baixou o tom de voz. – Ele gostou tanto do meu braço, Smee, que desde então vem me seguindo, de mar a mar e de terra a terra, lambendo os beiços pelo resto de mim.

– De certa forma – Smee comentou – isso é uma espécie de elogio.

– Eu não quero tais elogios! – Gancho rosnou, irritado. – Eu quero o Peter Pan, que primeiro deu a esse monstro o gosto por mim.

Ele sentou-se em um grande cogumelo e então se arrepiou todo.

– Smee – ele falou, com voz rouca –, esse crocodilo já teria me comido antes. Mas, para minha sorte, ele engoliu um relógio que faz tique-taque dentro dele e, assim, antes que ele consiga me alcançar, escuto o tique-taque.

Ele riu, mas de um jeito sem graça.

– Algum dia – Smee refletiu –, o relógio vai parar e, então, ele vai pegar você.

Gancho engoliu em seco.

– É! – ele concordou. – É esse medo que me assombra.

Desde que se sentou, o capitão se sentia curiosamente aquecido.

– Smee – ele comentou –, como este assento é quente! – e deu um pulo. – Macacos me mordam… Eu estou queimando!

Eles examinaram o cogumelo, que era de tamanho e solidez desconhecidos em terra firme. Tentaram puxá-lo para cima e ele saiu imediatamente nas mãos deles, pois não tinha raiz. E, mais estranho ainda, uma fumaça começou imediatamente a subir. Os piratas se entreolharam.

– Uma chaminé! – ambos exclamaram.

Eles haviam descoberto a chaminé da casa embaixo da terra! Os Garotos tinham o costume de cobrir a chaminé com o cogumelo quando os inimigos estavam por perto.

Mas não era só fumaça que saía dali. Por lá também vinha o vozerio das crianças, pois os Garotos sentiam-se tão seguros em seu esconderijo, que tagarelavam alegremente. Os piratas escutaram atentamente e depois recolocaram o cogumelo no lugar. Olharam em volta e notaram os buracos nas sete árvores.

– Você os ouviu dizendo que Peter Pan estava fora de casa? – Smee sussurrou, mexendo com Johnny Corkscrew.

Gancho acenou concordando. Ele permaneceu por um longo tempo perdido em seus pensamentos. Por fim, um sorriso viscoso iluminou seu rosto sombrio. Smee esperava por isso.

– Desembuche o seu plano, capitão – ele exortou ansioso.

– Vamos voltar para o navio – respondeu Gancho lentamente, entredentes – e assar um belo e enorme bolo, com boa espessura e cobertura de açúcar verde. Talvez haja apenas uma sala lá embaixo, pois só existe uma chaminé. Essas toupeiras parvas não tiveram o bom senso de ver que não precisavam de uma porta. Isso mostra que eles não têm mãe. Vamos deixar o bolo na margem da Lagoa das Sereias. Esses garotos estão sempre nadando por ali, brincando com as sereias. Eles vão encontrar o bolo e vão devorá-lo, porque, como não têm mãe, não sabem como é perigoso comer um bolo enorme morno.

Então, ele caiu na gargalhada, não numa gargalhada debochada, mas numa gargalhada sinistra.

– Ah, eles vão morrer!

Smee escutava com crescente admiração.

– É o plano mais perverso e mais bonito de que eu já ouvi falar! – ele exclamou.

Exultantes, eles dançaram e cantaram:

"Na vasta imensidão, quando eu apareço,
Qualquer um de medo foge!

Nada em seus ossos haverá de sobrar
Quando alguém contra as garras do Gancho se arriscar!".

Eles começaram a repetir o refrão, mas jamais o terminariam, pois outro som os interrompeu e os imobilizou. A princípio, era um som tão fraco, que se uma folha caísse provavelmente o abafaria. Mas, à medida que se aproximava, tornava-se cada vez mais distinto: "Tique-taque, tique-taque!".

Gancho ficou parado, com um pé tremendo no ar.

– O crocodilo! – ele engoliu em seco e saltou para longe, seguido por seu imediato.

Era, de fato, o crocodilo. Ele tinha passado pelos peles-vermelhas, que agora estavam na trilha dos outros piratas, e se esgueirava atrás do Gancho.

Mais uma vez os garotos saíram ao ar livre. Mas os perigos da noite ainda não haviam passado, pois, nesse momento, Nibs correu sem fôlego para o meio deles, perseguido por uma matilha de lobos. Os perseguidores vinham com a língua de fora. O uivo deles era pavoroso.

– Salvem-me, salvem-me! – gritava Nibs, caindo no chão.

– O que podemos fazer, o que podemos fazer? O que o Peter faria? – eles gritaram simultaneamente.

Para Peter era um grande elogio que naquele momento terrível os pensamentos deles se voltassem para ele. Quase ao mesmo tempo, eles acrescentaram:

– Peter olharia para eles através das pernas deles! Então, vamos fazer o que Peter faria.

Esse é o modo mais bem-sucedido de se desafiar os lobos e, assim como o menino, eles se curvaram e olharam através das pernas deles. O momento seguinte foi longo, mas a vitória veio rapidamente, pois quando os Garotos avançaram para eles com essa terrível atitude, os lobos abaixaram os rabos e fugiram.

Então, Nibs se levantou do chão e os outros acharam que seus olhos fixos ainda fitavam os lobos. Mas não eram lobos que ele via.

– Eu vejo uma coisa maravilhosa – ele gritou, enquanto os outros se reuniam em torno dele, ansiosos. – É um grande pássaro branco. Está voando assim, desse jeito.

– Que tipo de pássaro você acha que é?

Peter Pan

– Não sei – disse Nibs, impressionado –, mas parece muito cansado e enquanto voa, resmunga: "Pobre Wendy".

– Pobre Wendy?

– Eu me lembro! – disse Slightly instantaneamente. – Existem pássaros chamados "wendies".

– Vejam, está vindo – gritou Curly, apontando para Wendy no céu.

Wendy estava agora quase suspensa no alto e eles podiam ouvir seu choro tristonho. Porém, mais distinto, chegava o som estridente da voz da Sininho. A fada invejosa havia descartado qualquer disfarce de amizade e cutucava sua vítima vindo de todas as direções, beliscando-a selvagemente cada vez que a tocava.

– Olá, Sininho! – exclamaram os Garotos maravilhados.

A resposta de Sininho soou:

– O Peter quer que vocês atirem na Wendy.

Não era da natureza deles questionarem ordens do Peter.

– Faremos o que o Peter quiser! – gritaram os Garotos ingênuos. – Rápido, peguem os arcos e as flechas!

Todos, menos Tootles, pularam para dentro de suas árvores. Ele tinha um arco e flechas com ele. Sininho percebeu e esfregou suas mãozinhas.

– Depressa, Tootles, depressa – ela gritou. – Peter ficará muito satisfeito.

Prontamente Tootles encaixou uma flecha em seu arco.

– Fora do caminho, Sininho – ele gritou.

E, então, ele atirou. Wendy flutuou ao vento até o chão, com uma flecha no peito.

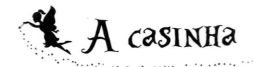

A casinha

O tolo Tootles estava de pé, como um conquistador, sobre o corpo da Wendy quando os outros garotos saltaram, armados, de suas árvores.

– Vocês chegaram tarde demais! – ele exclamou orgulhoso. – Atirei na Wendy. O Peter ficará muito satisfeito comigo.

Suspensa no ar, Sininho gritou: – Boboca!

E saiu em disparada para se esconder. Os Garotos não a ouviram. Eles se amontoaram em volta de Wendy e, quando olharam para ela, um terrível silêncio caiu sobre o bosque. Se o coração da Wendy estivesse batendo, todos teriam escutado.

Slightly foi o primeiro a falar.

– Mas isso não é um pássaro – ele disse com voz assustada. – Acho que isso deve ser uma dama.

– Uma dama? – disse Tootles, começando a tremer.

– E nós a matamos! – exclamou Nibs com voz rouca.

Todos tiraram seus chapéus.

– Agora entendo! – disse Curly. – O Peter estava trazendo a dama para nós.

E se jogou pesaroso no chão.

– Uma dama para cuidar de nós, finalmente – disse um dos gêmeos. – E você a matou!

Eles lamentaram por ele, mas também lamentaram por si próprios. Quando Tootles deu um passo para se aproximar deles, eles se afastaram. Seu rosto estava muito pálido, mas havia uma dignidade nele agora que nunca estivera lá antes.

– Veja o que eu fiz! – ele disse, perplexo. – Quando damas costumavam aparecer em meus sonhos, eu sempre dizia: "Linda mãe, linda mãe". Mas quando afinal ela realmente chegou, atirei nela.

Ele foi se afastando lentamente.

– Não vá embora! – eles chamaram com pena.

– Eu tenho que ir... – ele respondeu, tremendo. – Estou com muito medo do Peter.

Peter Pan

Foi nesse momento trágico que ouviram um som que fez o coração de cada um quase sair pela boca. Eles ouviram Peter gritar como um corvo.

– Peter! – todos exclamaram, pois era sempre assim que ele sinalizava seu retorno.

– Vamos escondê-la – sussurraram e se reuniram apressadamente em volta da Wendy, mas Tootles ficou afastado.

Mais uma vez, ouviu-se o grito do corvo. Peter desceu diante deles.

– Saudações, Garotos – ele cumprimentou.

Mecanicamente, eles o saudaram e depois fez-se novamente silêncio.

Peter franziu a testa.

– Eu estou de volta – ele disse animado. – Por que não comemoram?

Eles estavam boquiabertos, mas a comemoração não saía. Ele ignorou isso, na pressa para contar as gloriosas novidades.

– Tenho uma ótima notícia, Garotos – ele anunciou. – Eu finalmente trouxe uma mãe para todos vocês!

Ainda nenhum som, exceto um pequeno estalo quando Tootles caiu de joelhos.

– Vocês não a viram? – Peter perguntou, intrigado. – Ela voou para cá.

– Ah, eu vi! – uma voz respondeu.

– Oh, que dia triste – outra voz lamentou.

Tootles se levantou.

– Peter – ele disse baixinho –, eu vou mostrá-la para você.

E enquanto os outros ainda a escondiam, ele ordenou:

– Para trás, gêmeos, deixem o Peter ver.

Então todos se afastaram, para que ele visse. Depois de olhar por algum tempo, ele não sabia o que fazer em seguida.

– Ela está morta – Peter disse inconformado. – Talvez ela esteja com medo de estar morta.

Ele pensou em pular fora de um jeito engraçado até não estar mais ao alcance visão dela, para nunca mais chegar perto desse local. Todos ficariam contentes de segui-lo se ele fizesse isso.

Mas havia a flecha. Ele a tirou do coração dela e encarou seu bando.

– De quem é a flecha? – ele perguntou rispidamente.

– Minha, Peter – Tootles revelou, de joelhos.

– Oh, maldita mão! – Peter esbravejou e levantou a flecha para usá-la como punhal.

Tootles não recuou. Mostrou o peito.

– Pode atacar, Peter – ele disse com firmeza. – Ataque de verdade.

Por duas vezes Peter levantou a flecha e por duas vezes baixou a mão.

– Não consigo atacar – ele disse surpreso. – Alguma coisa segura a minha mão.

Todos olharam para ele surpresos, exceto Nibs, que felizmente olhou para a Wendy.

– Foi ela! – ele gritou. – Foi a dama Wendy. Vejam o braço dela!

É surpreendente ter que contar isso, mas a Wendy levantou o braço. Nibs se inclinou sobre ela e escutou reverentemente.

– Acho que ela disse: "Pobre Tootles" – ele sussurrou.

– Ela está viva! – Peter concluiu imediatamente.

Slightly gritou no mesmo instante.

– A dama Wendy está viva!

Então Peter se ajoelhou ao lado dela e encontrou seu botão. Você vai se lembrar que ela o colocou numa corrente que usava em volta do pescoço.

– Vejam! – ele disse. – A flecha bateu nisto. É o beijo que eu dei para ela. Salvou-lhe a vida.

– Eu me lembro de beijos – Slightly interrompeu-o abruptamente. – Deixe-me ver. É isso mesmo, é um beijo!

Peter não lhe deu ouvidos. Ele implorava para que Wendy melhorasse rapidamente, para que pudesse mostrar as sereias a ela. É claro que ela ainda não conseguia responder, pois continuava terrivelmente enfraquecida. No entanto, do alto soou uma nota pesarosa.

– Escutem Sininho – Curly falou. – Ela está chorando porque a Wendy está viva.

Então, eles tiveram que contar ao Peter sobre o crime da Sininho e talvez jamais o tivessem visto ficar tão bravo.

– Ouça, Sininho! – ele esbravejou. – Eu não sou mais seu amigo. Afaste-se de mim para sempre.

Ela voava por cima do ombro dele, implorando, mas ele a afastava. Só depois que Wendy levantou novamente o braço, ele se arrependeu o suficiente para dizer:

– Bem, não é para sempre, mas talvez por uma semana inteira.

Você acha que a Sininho agradeceu a Wendy por levantar o braço? Ora, meu caro, mas é claro que não! Jamais ela quis beliscá-la tanto. As fadas são realmente estranhas e Peter, que as entendia melhor, frequentemente as algemava.

Mas o que fazer com a Wendy em seu presente estado de saúde tão delicado?

– Vamos levá-la para dentro de casa – Curly sugeriu.

– É isso! – Slightly concordou. – É o que se faz com as damas.

– Não, não – disse Peter. – Vocês não devem tocá-la. Não seria suficientemente respeitoso.

– Era exatamente isso – Slightly se corrigiu – o que eu estava pensando.

– Mas se a dama ficar aí – Tootles argumentou –, ela vai morrer.

– É, ela vai morrer – Slightly admitiu. – Então, não temos outra saída.

– Temos sim! – exclamou Peter. – Vamos construir uma casinha em volta dela.

Todos ficaram encantados.

– Depressa – ele ordenou. – Tragam-me cada um de vocês o melhor que tiverem. Esvaziem a nossa casa. Sejam rápidos.

Em um instante, todos estavam ocupados como alfaiates na noite de véspera do casamento. Eles corriam para cá e para lá, desciam para buscar roupas de cama, subiam levando lenha. Enquanto isso, quem faltava aparecer, senão João e Miguel? Conforme se arrastavam pelo chão, eles adormeciam em pé, paravam, acordaram, davam mais um passo e dormiam novamente.

– João, João! – Miguel gritava. – Acorde! Onde está a Naná, João? E a mãe?

João então esfregava os olhos e murmurava:

– É verdade, nós voamos.

Vocês podem ter certeza que eles ficaram muito aliviados quando encontraram o Peter.

– Olá, Peter – ambos disseram.

– Olá! – Peter respondeu amistosamente, embora tivesse esquecido completamente deles.

Ele estava muito ocupado nesse momento, medindo Wendy com os pés para ver que tamanho a casa dela precisaria ter. Claro que ele pretendia deixar espaço para mesa e cadeiras. João e Miguel o observavam.

– A Wendy está dormindo? – eles perguntaram.

– Sim.

– João – Miguel propôs –, vamos acordá-la e pedir que ela faça o jantar para nós.

Mas, conforme ele dizia isso, alguns dos Garotos corriam carregando galhos para a construção da casa.

– Olhe para eles! – ele gritou.

– Curly – Peter disse, com seu tom de voz de capitão mais firme –, veja se esses meninos ajudam na construção da casa.

– É claro, senhor!

– Na construção de uma casa? – João indagou.

– Para a Wendy – disse Curly.

– Para a Wendy? – João retrucou, indignado. – Ora, mas ela é apenas uma menina!

– Isso mesmo – explicou Curly. – É por isso que somos criados dela.

– Vocês? Criados da Wendy?

– Sim! – Peter afirmou. – E vocês também. Sigam com eles.

Os irmãos atônitos foram arrastados para cortar, entalhar e carregar madeira.

– As cadeiras e a lareira primeiro – Peter ordenou. – Depois, construiremos a casa ao redor.

– Isso mesmo – Slightly murmurou. – É assim que se constrói uma casa. Tudo acaba sobrando para mim.

Peter pensava em tudo.

– Slightly! – ele gritou – Traga um médico.

Peter Pan

– É, isso – Slightly resmungou mais uma vez e desapareceu, coçando a cabeça.

Mas ele sabia que Peter deveria ser obedecido e voltou num instante, usando a cartola de João e parecendo solene.

– Senhor, por favor – Peter perguntou, dirigindo-se a ele –, você é médico?

A diferença entre ele e os outros garotos nesse momento era que eles sabiam que era de faz de conta, apesar de que para ele a verdade e o faz de conta eram exatamente a mesma coisa. Isso às vezes os incomodava, como, por exemplo, quando eles tinham que fazer de conta que tinham jantado.

Se eles quebrassem o faz de conta, Peter dava palmadas nas mãos deles.

– Sim, meu jovem – Slightly, que tinha as mãos esfoladas, respondeu prontamente.

– Por favor, senhor, tem uma senhora que está muito doente – Peter explicou.

Ela estava deitada a seus pés, mas Slightly teve o bom senso de fingir que não a viu.

– Muito bem, muito bem, muito bem – ele disse. – Onde ela está?

– Nessa clareira.

– Vou colocar uma coisa de vidro na boca dela – Slightly disse e fingiu fazer isso, enquanto Peter esperava.

Houve um momento de ansiedade até que a coisa de vidro foi retirada.

– Como ela está? – Peter perguntou.

– Muito bem, muito bem, muito bem! Isso a curou – Slightly afirmou.

– Estou muito feliz! – Peter exclamou.

– Volto novamente à noite – disse Slightly. – Dê a ela um pouco de caldo de carne num copo com canudinho.

Mas depois que devolveu a cartola ao João, ele respirou fundo várias vezes, como era seu hábito quando escapava de alguma encrenca.

Nesse meio-tempo, o bosque estivera animado com o som dos machados. Quase tudo o que era necessário para uma casa aconchegante já estava aos pés da Wendy.

– Se pelo menos soubéssemos – um deles disse – o tipo de casa que ela mais gosta.

– Peter – gritou outro –, ela está se mexendo durante o sono.

– A boca dela se abre – gritou um terceiro, olhando respeitosamente para ela. – Oh! Como ela é adorável!

– Acho que ela vai cantar enquanto dorme – Peter falou. – Wendy, cante o tipo de casa que você gostaria de ter.

Imediatamente, sem abrir os olhos, Wendy começou a cantar:

"Eu gostaria de ter uma casa bonita,
A menor já vista,
Com pequenas paredes vermelhas alegres
E o telhado de verde-musgo".

Eles murmuraram de alegria ao saberem disso, pois por pura sorte os galhos que haviam trazido estavam cheios de seiva vermelha e o chão estava todo atapetado de musgo. Enquanto levantavam a pequena casa, eles mesmos cantavam:

"Nós construímos as pequenas paredes e o telhado
E fizemos uma porta adorável
Então diga-nos, mãe Wendy,
O que mais você vai querer?".

A isso, ela respondeu desejosa:

"Oh, realmente em seguida acho que vou querer
Janelas enfeitadas por todos os lados,
Com rosas espiando para dentro, como vocês sabem,
E bebês espiando para fora".

Com alguns socos eles fizeram as janelas. Grandes folhas amarelas serviram de cortinas. Mas e as rosas?

– Rosas! – Peter ordenou com firmeza.

Rapidamente eles fizeram de conta que plantaram as mais belas rosas pelas paredes.

Mas e os bebês?

Para evitar que Peter ordenasse "bebês", eles voltaram a cantar:
"Fizemos as rosas espiando para fora,
Os bebês estão na porta
Nós não podemos nos fazer, como você sabe,
Porque já fomos feitos antes".

Peter, vendo que essa era uma boa ideia, fingiu que era dele próprio. A casa era muito bonita e, sem dúvida, Wendy estava muito bem acolhida lá dentro, embora, é claro, eles não conseguissem mais vê-la. Peter andava agitado para cima e para baixo, ordenando os toques finais. Nada escapava do seu olhar de águia. Só que quando tudo parecia estar absolutamente terminado, ele reclamou:

– Não tem argola para alguém bater à porta.

Eles ficaram muito envergonhados, mas Tootles pegou a sola de seu sapato e fez uma excelente argola para alguém bater à porta.

Agora sim, estava tudo absolutamente terminado, eles pensaram. Mas nem perto disso!

– Não tem chaminé – Peter observou. – Precisamos ter uma chaminé.

– A casa certamente não precisa de chaminé – disse João, com arrogância.

Isso deu uma ideia ao Peter. Ele tirou a cartola da cabeça do João, arrancou a parte do fundo e colocou-a no telhado. A casinha ficou tão satisfeita por ter uma chaminé tão imponente, que, como se quisesse agradecer, a fumaça começou imediatamente a sair pela cartola.

Então, realmente, de verdade, estava tudo terminado. Não restava nada mais a fazer senão baterem à porta.

– Todos se arrumem da melhor maneira possível – Peter advertiu. – A primeira impressão é a que fica.

Ele ficou imensamente feliz pois ninguém perguntou o que era uma primeira impressão. É que eles estavam ocupados demais arrumando-se da melhor maneira possível.

Ele bateu educadamente, mas a madeira permaneceu tão quieta quanto as crianças. Nenhum som foi escutado, a não ser da Sininho, que assistia a tudo de um galho, zombando escancaradamente.

O que os Garotos se perguntavam era se alguém responderia às batidas. Se fosse uma dama, como ela seria?

A porta se abriu e uma dama surgiu. Era Wendy. Todos tiraram o chapéu.

Ela parecia adequadamente surpresa e era exatamente isso que eles esperavam que ela fizesse.

– Onde estou? – ela perguntou.

Claro que Slightly foi o primeiro a tomar a palavra.

– Senhora Wendy – ele disse rapidamente –, nós construímos essa casa para você.

– Pois bem, diga que está satisfeita – Nibs gritou.

– Adorável e querida casa – Wendy falou.

Eram exatamente essas palavras que eles esperavam que ela dissesse.

– E nós somos os seus filhos – gritaram os gêmeos.

Então todos se ajoelharam e, estendendo os braços, gritaram:

– Oh! Senhora Wendy, seja nossa mãe.

– Eu deveria? – perguntou Wendy, toda orgulhosa. – Claro que é assustadoramente fascinante. Mas, como vocês podem ver, eu sou apenas uma garotinha. Não tenho nenhuma experiência de verdade.

– Isso não importa – disse Peter, como se ele fosse a única pessoa presente que soubesse tudo sobre isso, embora na realidade ele fosse o que menos sabia. – O que nós precisamos é apenas de uma boa figura materna.

– Oh! Queridos! – Wendy respondeu. – Como vocês podem ver, sinto que é exatamente isso o que eu sou.

– É, é! – todos gritaram. – Nós vimos logo da primeira vez.

– Muito bem – ela disse – farei o melhor que puder. Venham todos para dentro logo de uma vez, crianças malcriadas. Tenho certeza de que estão com os pés molhados. E antes de colocá-los na cama, tenho apenas tempo para terminar a história da Cinderela.

Então, eles entraram. Não se sabe se havia espaço para todos, mas na Terra do Nunca a gente se espreme bem apertado. E essa foi a primeira das muitas noites alegres que eles passaram com a Wendy. Um por um ela os colocou na grande cama da casa embaixo das árvores, mas

Peter Pan

voltou para passar a noite na casinha. Peter ficou de guarda lá fora com a espada desembainhada, pois os piratas podiam ser ouvidos se embebedando a distância e os lobos estavam à espreita. A casinha parecia muito aconchegante e segura na escuridão, com uma luz brilhante aparecendo através de suas cortinas, a chaminé fumegando lindamente e o Peter de guarda. Pouco tempo depois, ele adormeceu e algumas fadas cambaleantes tiveram que passar por cima dele a caminho de casa depois de uma festança. Se qualquer outro garoto obstruísse o caminho das fadas à noite, elas o teriam maltratado. Mas, como era o Peter, elas apenas mexiam no nariz dele e iam embora.

A casa embaixo da terra

Uma das primeiras coisas que Peter fez no dia seguinte foi medir Wendy, João e Miguel para encontrar buracos em árvores ocas. Gancho, como você vai se lembrar, tinha zombado dos Garotos por achar que cada um deles precisava de uma árvore. Mas isso era ignorância, pois a menos que a árvore sirva em você, fica difícil subir e descer e não existem dois garotos do mesmo tamanho. Uma vez que você se encaixa, basta prender a respiração no topo, para descer na velocidade certa, ao passo que, para subir, você prende e solta alternadamente e assim se esgueira para cima. É claro que, quando domina a ação, você é capaz de fazer essas coisas sem pensar nelas e nada pode ser mais gracioso.

Mas você simplesmente tem que se encaixar e o Peter mediria você para encontrar a sua árvore com tanto cuidado quanto para o ajuste de uma roupa. A única diferença é que as roupas são feitas para se ajustarem a você, ao passo que você tem que ser feito para se encaixar na árvore. Normalmente, isso é feito com bastante facilidade, já que você usa roupas demais ou de menos. Mas se você estiver em lugares difíceis ou a única árvore disponível tiver uma forma estranha, Peter faz algumas coisas para que possa se encaixar. Uma vez que você se encaixa, deve tomar muito cuidado para poder continuar se encaixando. E isso, como Wendy descobriu para sua alegria, mantém uma família inteira em perfeitas condições.

Wendy e Miguel se ajustaram em suas árvores na primeira tentativa, mas João teve que ser ajeitado um pouco.

Depois de alguns dias de prática, eles podiam subir e descer alegremente como baldes num poço e passaram a gostar imensamente do lar embaixo da terra, especialmente Wendy. O lugar consistia em uma ampla sala, como todas as casas devem ter, com um piso no qual você poderia escavar minhocas se quisesse pescar. Nesse chão, cresciam cogumelos robustos de uma cor encantadora, que eram usados como banquinhos. Uma árvore do Nunca tentava crescer no centro da sala a todo custo. Mas todas as manhãs eles serravam o tronco, nivelando-o com o chão. Na hora do chá, o tronco da árvore estava sempre com cerca de sessenta centímetros de altura. Em seguida, eles colocavam uma porta em cima dele e esse conjunto todo virava uma mesa. Assim que terminavam, serravam o tronco novamente e, então, sobrava mais espaço para brincar. Havia uma enorme lareira que ficava em quase qualquer parte da sala onde você precisasse acendê-la e ao longo dela Wendy estendia cordas, feitas de fibra, onde pendurava a roupa lavada. A cama ficava encostada na parede durante o dia e era baixada às seis e meia da tarde, quando ocupava quase metade da sala. Todos os Garotos, menos Miguel, dormiam nela, deitados como sardinhas em lata. Havia uma regra rígida contra se virar na cama, a menos que alguém desse o sinal, quando então todos se viravam de uma só vez. Miguel também deveria tê-la usado, mas Wendy desejava ter um bebê e ele era o menor de todos. E, enfim, você sabe como são as mulheres, o resultado é que ele ficava pendurado num cesto.

Era tosco e simples e não muito diferente do que os bebês ursos teriam em uma casa subterrânea nas mesmas circunstâncias. Mas havia ainda um recuo na parede, não maior do que uma gaiola de passarinhos, que era o apartamento privativo da Sininho e que podia ficar isolado do resto da casa por uma minúscula cortina, a qual a Sininho, que era muito melindrosa, sempre mantinha fechada quando se trocava. Nenhuma mulher, por maior que fosse, poderia ter um camarim combinado com dormitório mais requintado. O sofá, como ela costumava chamá-lo, era um genuíno divã Queen Mab, com pernas de madeira maciça, e ela variava o edredom de acordo com a flor da fruta da época. Seu espelho era um do tipo Gato de Botas, do qual agora só existem apenas três intactos conhecidos, nos fornecedores das fadas; o lavatório era reversível em estilo crosta de torta, a cômoda era uma autêntica Charming the Sixth, o carpete e os tapetes eram do melhor período (o inicial) de Margery e Robin. Havia um candelabro de cristal para realçar o visual das coisas, mas é claro que ela mesma iluminava a residência. Sininho desprezava o resto da casa, como de fato talvez fosse inevitável, e seu quarto, embora bonito, parecia bastante vaidoso, com a aparência de um nariz permanentemente empinado.

Suponho que era tudo especialmente fascinante para Wendy, porque aqueles garotos alvoroçados dela davam-lhe muito trabalho. Realmente havia semanas inteiras quando, exceto talvez um pouco ao anoitecer, ela nunca estava acima do solo. A comida, posso garantir, mantinha seu nariz na panela, mesmo que não houvesse nada dentro, mesmo que não houvesse panela. O prato principal deles era fruta-pão assada, inhame, cacau, porco assado, maçãs, tortas e bananas regadas com cumbucas de suco de papaia. Mas você nunca sabia exatamente se haveria uma refeição real ou apenas de faz de conta. Tudo dependia do capricho do Peter. Ele podia comer, realmente comer, se fosse um pedaço de alguma caça, mas não conseguia se empanturrar só para se sentir satisfeito, que é o que a maioria das crianças gosta de fazer mais do que qualquer outra coisa. A próxima melhor coisa a falar é sobre isso. O faz de conta era tão real para ele, que, durante uma refeição, você podia vê-lo ficando cada vez mais redondo. É claro que era fingimento e era preciso simplesmente seguir a liderança dele. Mas se você pudesse provar que escorregava pela sua árvore, ele deixava você se empanturrar.

O momento favorito de Wendy para costurar e cerzir era depois que todos tinham ido dormir. Então, como dizia, ela tinha um tempo para respirar. Ela se ocupava fazendo coisas novas para eles e colocando reforços duplos nos joelhos, pois todos eles eram incrivelmente mais duros nos joelhos.

Quando se sentava com um cesto cheio de meias, cada pé com um buraco no calcanhar, ela levantava os braços e exclamava:

– Oh, meu Deus! Eu tenho certeza de que às vezes acho que as solteironas merecem ser invejadas!

Seu rosto irradiava alegria quando ela fazia isso.

Você se lembra do lobo de estimação dela. Pois bem, ele logo descobriu que Wendy tinha vindo para a ilha. Então, eles simplesmente se encontraram nos braços um do outro. Depois disso, ele a seguia por toda parte.

Com o tempo passando, será que ela pensava muito nos amados pais que deixou para trás? Essa é uma questão difícil de se responder, porque é completamente impossível dizer como o tempo passa na Terra do Nunca, onde é calculado por luas e sóis e há muitos mais deles do que no continente. Mas receio que Wendy não se preocupasse tanto com o pai e a mãe. Ela estava absolutamente confiante de que eles sempre manteriam a janela aberta para que ela voasse de volta, e isso lhe dava total tranquilidade. O que a incomodava, às vezes, era que João se lembrava vagamente de seus pais apenas como pessoas que conhecera antes, ao passo que Miguel estava disposto a acreditar que ela era realmente mãe dele. Essas coisas a assustavam um pouco e, nobremente ansiosa para cumprir seu dever, ela tentava consertar a antiga vida na mente deles, submetendo-os a exames, da maneira mais parecida possível com os que eles costumavam fazer na escola. Os outros garotos acharam isso muito interessante, e insistiram em participar: fizeram pranchetas para si próprios e sentaram-se em volta da mesa, escrevendo e pensando muito a respeito das perguntas que ela havia escrito em outra prancheta. As questões eram as mais comuns: "Qual era a cor dos olhos da mãe? Quem era mais alto, o pai ou a mãe? A mãe era loira ou morena? Responda a todas as três perguntas, se possível". "(A) Escreva um texto de pelo menos 40 palavras sobre 'Como eu passei as minhas últimas férias', ou 'Compare os personagens do pai e da mãe'. Escolha apenas um tema". Ou, ainda, "(1) Descreva a risada da mãe, (2) Descreva o riso do pai, (3) Descreva o vestido de festa da mãe, (4) Descreva a casinha da sua cachorra".

Eram apenas perguntas cotidianas como essas e quem não soubesse responder, deveria fazer uma cruz. Foi inacreditável o número de cruzes que João fez. É claro que o único garoto que respondeu a todas as perguntas foi Slightly, e ninguém poderia esperar mais para terminar primeiro, mas as respostas dele foram perfeitamente ridículas e ele na verdade acabou em último lugar. Foi uma coisa melancólica.

Peter não competiu. Por um lado, ele desprezava todas as mães, menos a Wendy. E, por outro lado, ele era o único garoto na ilha que não sabia nem escrever e nem soletrar sequer a menor palavra. Ele estava acima de todo esse tipo de coisa.

A propósito, todas as perguntas foram escritas no passado. Qual era a cor dos olhos da mãe, e assim por diante. Wendy, como você viu, também estava se esquecendo.

As aventuras, é claro, como veremos, eram de ocorrência diária. Mas, nessa época, Peter inventou, com a ajuda de Wendy, um novo jogo que o fascinava enormemente, até que de repente ele não teve mais interesse nisso, o que, como foi dito, era o que sempre acontecia. Consistia em fingir que não existiam aventuras, em fazer o tipo de coisa que João e Miguel fizeram a vida toda: ficavam sentados em banquinhos soltando bolhas no ar, empurravam-se uns aos outros, saíam para passear e voltavam sem ter matado nem mesmo um urso pardo. Ver Peter fazendo nada em um banquinho era ótimo. Ele não podia deixar de parecer solene em tais ocasiões. Sentar-se ainda parecia uma coisa muito engraçada de se fazer. Ele se gabava de ter que passear para o bem de sua saúde. Por vários sóis, essas foram as mais novas aventuras para ele. João e Miguel tiveram que fingir que também estavam encantados. Caso contrário, ele os teria tratado com rigor.

Muitas vezes Peter saía sozinho e, quando voltava, você nunca tinha certeza se ele tinha ou não participado de uma aventura. Ele poderia ter esquecido de tudo tão completamente, que não sabia dizer nada a respeito. E, então, quando você saía, encontrava a história. Em contrapartida, ele poderia contar tudo a respeito de uma aventura. E, mesmo assim, você não conseguiria encontrar a história! Às vezes ele chegava em casa com a cabeça enfaixada e então Wendy o repreendia e o banhava com água morna, enquanto ele contava uma história deslumbrante. Mas ela nunca tinha certeza de nada, como você sabe. Ela, porém, sabia que muitas aventuras eram verdadeiras porque ela estava nelas e, ainda, que outras eram pelo menos parcialmente verdadeiras, pois os outros garotos estavam nelas e diziam que elas eram totalmente verdadeiras. Descrever todas exigiria um livro tão grande quanto um dicionário, e o máximo que podemos fazer é contar uma como amostra de uma hora média na ilha. A dificuldade é decidir qual escolher. Devemos dar uma pincelada com os peles-vermelhas na ravina do Slightly? Foi um caso sanguinário, especialmente interessante para mostrar uma das peculiaridades de Peter, a saber, de que no meio de uma briga ele mudava de

PETER PAN

lado de repente. Na ravina, quando a vitória ainda estava pendente na balança, às vezes se inclinando para este lado e às vezes para o outro, ele gritava:

– Eu sou pele-vermelha hoje. E você, Tootles, o que é?

E Tootles respondia: – Pele-vermelha. E você, Nibs, o que é?

E Nibs dizia: – Pele-vermelha. E vocês, gêmeos, o que são?

E assim por diante. Então, todos viravam peles-vermelhas e é claro que assim a luta teria terminado se os verdadeiros peles-vermelhas, fascinados pelos métodos de Peter, não concordassem em ser Garotos Perdidos dessa vez, para que, desse modo, todos voltassem a se atracar mais ferozmente do que nunca.

Qual foi o resultado dessa aventura extraordinária? Ora, ainda não decidimos se é essa a aventura que vamos narrar. Talvez uma melhor fosse o ataque noturno dos peles-vermelhas à casa embaixo da terra, quando vários deles ficaram presos nas árvores ocas e tiveram que ser retirados como rolhas. Ou, então, podemos contar como o Peter salvou a vida de Tiger Lily na Lagoa das Sereias e assim fez dela sua aliada.

Poderíamos ainda falar do bolo que os piratas assaram para que os garotos pudessem comê-lo e perecessem, de como eles o colocavam em um lugar estratégico um após o outro, e de como Wendy sempre o arrancava das mãos de seus filhos, de modo que com o tempo o bolo perdeu sua consistência e se tornou tão duro quanto uma pedra, sendo usado como um míssil, que caiu sobre o Gancho no escuro.

Ou suponha que falássemos dos pássaros que eram amigos do Peter, particularmente do pássaro do Nunca, que fez o ninho numa árvore pendendo sobre a lagoa, de como o ninho caiu na água e ainda assim o pássaro pousou sobre seus ovos para chocá-los, e Peter deu ordens para que a ave não fosse perturbada. Essa é uma história bonita e o final mostra como um pássaro pode ser grato. Mas, se a contarmos, também devemos contar toda a aventura da lagoa, o que evidentemente somaria duas aventuras, em vez de apenas uma. Uma aventura mais curta, igualmente emocionante, foi a tentativa da Sininho, com a ajuda de algumas fadas, de levar Wendy adormecida para o continente numa grande folha flutuante. Felizmente a folha esgarçou e Wendy acordou, pensando que era hora do banho, e nadou de volta. Ou, então, poderíamos escolher o

James M. Barrie

desafio de Peter aos leões, quando ele desenhou um círculo em volta de si no chão com uma flecha e os desafiou a cruzá-lo. Embora ele esperasse por horas, com os outros garotos e Wendy olhando sem fôlego desde as árvores, nenhum deles ousou aceitar o desafio.

Qual dessas aventuras devemos escolher? O melhor jeito para isso será jogar cara ou coroa.

Eu joguei e a lagoa ganhou. Isso quase me deu vontade de que a ravina, ou o bolo, ou a folha da Sininho tivessem vencido. É claro que eu poderia jogar de novo, para escolher a melhor das três. No entanto, talvez seja mais justo manter a lagoa.

A lagoa das sereias

Se você fechar os olhos e tiver sorte, às vezes avistará um lago sem formas definidas, de lindas cores desbotadas suspensas na escuridão. Então, se apertar os olhos com mais força, o lago começa a tomar forma e as cores ficam tão vivas que, com outro aperto, elas podem pegar fogo. Mas um pouco antes de elas pegarem fogo, você vê a lagoa. Isso é o máximo que você poderá se aproximar dela desde a terra firme, apenas como um momento celestial. Se tivesse dois momentos assim, você poderia ver as ondas e talvez ouvisse o canto das sereias.

As crianças costumavam passar longos dias de verão nessa lagoa, nadando ou boiando na maior parte do tempo, tentando entrar nos jogos das sereias na água e assim por diante. Mas, apesar disso, você não deve achar que as sereias sejam amigas delas. Muito pelo contrário, essa foi uma decepção constante para a Wendy, já que durante todo o tempo em que esteve na ilha, ela nunca obteve uma palavra civilizada de nenhuma delas. Quando ia até a beira da lagoa, ela podia vê-las da trilha, especialmente na Pedra do Abandono, onde adoravam se aquecer, penteando os cabelos de um jeito preguiçoso que a irritava bastante. Ou, ela podia até nadar, por assim dizer, na ponta dos pés, para até um metro delas, mas então elas a viam e mergulhavam, provavelmente espirrando água nela com suas caudas, não por acidente, mas intencionalmente.

Elas tratavam todos os garotos dessa mesma maneira, exceto, claro, Peter, que conversava com elas na Pedra do Abandono durante horas e sentava-se em suas caudas quando ficavam atrevidas. Ele deu a Wendy um dos pentes delas.

O momento mais assustador de vê-las é na virada da lua, quando soltam gritos e lamentos estranhos. Mas a lagoa é perigosa para os mortais e, até essa noite que temos agora para contar, Wendy nunca tinha visto a lagoa à luz da lua, menos por medo, porque é claro que o Peter a acompanharia, e mais porque ela tinha regras rígidas a respeito de cada um estar na cama às sete. Ela, porém, ia frequentemente até a lagoa em dias ensolarados depois da chuva, quando as sereias aparecem em grande número para brincar com suas bolhas. Elas tratam as bolhas de muitas cores feitas da água do arco-íris, como bolas, arremessando-as alegremente com suas caudas e tentando mantê-las no arco-íris até que estourem. Os gols ficam em cada extremidade do arco-íris e as goleiras só podem usar as mãos. Às vezes, uma dúzia desses jogos acontece na lagoa ao mesmo tempo, e essa é uma visão muito bonita.

Mas, no momento em que as crianças tentavam se juntar a elas, tinham que jogar sozinhas, pois as sereias imediatamente desapareciam. Porém, temos provas de que elas observavam secretamente os intrusos e não estavam acima de aproveitarem nenhuma ideia deles, pois João introduziu uma nova maneira de acertar as bolhas, jogando com a cabeça em vez das mãos, e as sereias adotaram esse jeito. Essa foi a marca que João deixou na Terra do Nunca.

Também era muito bonito ver as crianças descansando por meia hora em alguma pedra depois do almoço. Wendy insistia para que fizessem isso e tinha que ser um descanso de verdade, mesmo que a refeição fosse de faz de conta. Então eles ficavam lá, tomando sol, com seus corpos brilhando, enquanto ela se sentava ao lado deles, com pose de gente importante.

Foi num desses dias em que todos estavam na Pedra do Abandono. A rocha não era muito maior do que uma cama grande, mas é claro que todos sabiam como não ocupar muito espaço e estavam cochilando ou, pelo menos, ficavam deitados de olhos fechados, beliscando-se ocasionalmente quando achavam que Wendy não estava olhando. Ela estava muito ocupada, costurando.

Enquanto ela costurava, uma mudança aconteceu na lagoa. Pequenos calafrios percorreram a superfície, o sol desapareceu e as sombras se infiltraram na água, tornando-a gelada. Wendy não conseguia mais enfiar a linha na agulha, e quando olhou para cima, a lagoa, que até então sempre fora um lugar muito agradável, parecia terrível e hostil.

Não era, ela sabia, a noite que havia chegado, mas era algo tão escuro como se a noite tivesse chegado. Não, era pior que isso. Ainda não havia chegado, mas enviou aquele arrepio pelo mar para dizer que estava chegando. O que seria?

Então, para ela juntaram-se todas as histórias que haviam lhe contado sobre a Pedra do Abandono, assim chamada porque capitães malvados prendem os marinheiros nela e os abandonam ali para se afogarem. Eles se afogam quando a maré sobe, já que nesse momento a pedra fica submersa.

É claro que ela deveria ter despertado os meninos logo de uma vez, não apenas por causa do desconhecido que vinha espreitando em direção a eles, mas porque não lhes faria bem dormir numa rocha gelada. Porém, ela era uma jovem mãe e não sabia disso. Achou que simplesmente deveria manter a regra de cerca de meia hora depois do almoço. Então, embora o medo avançasse e ela desejasse ouvir vozes masculinas, ela não os acordou. Nem mesmo quando ouviu o som de remos abafados, embora seu coração estivesse saindo pela boca, ela não os acordou. Ela ficou de pé sobre eles para deixá-los dormir. Não foi uma atitude corajosa da Wendy?

Foi sorte para aqueles garotos haver entre eles alguém que podia farejar o perigo mesmo durante o sono. Peter saltou ereto, tão desperto como um cão de guarda e com um grito de aviso acordou os outros.

Ele ficou imóvel, com uma das mãos no ouvido.

– Piratas! – ele gritou. Os outros se aproximaram dele. Um estranho sorriso brincava em seu rosto. Wendy viu e estremeceu. Quando tal sorriso estava no rosto dele, ninguém ousava falar com ele, tudo o que podiam fazer era ficarem prontos para obedecer. A ordem veio forte e incisiva.

– Mergulhar!

Houve uma correria e instantaneamente a lagoa pareceu deserta. A Pedra do Abandono ficou vazia naquelas águas proibidas, como se ela própria estivesse abandonada.

O barco chegou mais perto. Era o bote dos piratas e trazia três figuras, Smee e Starkey e uma terceira pessoa cativa, ninguém menos que Tiger Lily. Suas mãos e seus tornozelos estavam amarrados e ela sabia qual seria seu destino: deveria ser abandonada na rocha para perecer; um final, para alguém de sua raça, mais terrível do que a morte por fogo ou tortura, pois está escrito no livro da tribo que não existe caminho pela água para uma área de caça feliz. Apesar disso, seu rosto estava impassível. Ela era filha de um chefe e deveria morrer como a filha de um chefe. Simples assim.

Eles a capturaram embarcando no navio pirata com uma faca na boca. Nenhum vigia era mantido no navio, já que Gancho se orgulhava de o vento espalhar a fama de seu nome, protegendo o navio por uma milha ao redor. Agora o destino dela também ajudaria a protegê-lo. Mais um lamento circularia ao vento nessa noite.

Na penumbra que trouxeram consigo, os dois piratas não viram a pedra até colidirem com ela.

– Abra o olho, seu imundo – gritou uma voz irlandesa, que era do Smee. – Estamos na rocha. Agora o que temos que fazer é prender a pele-vermelha nela e deixá-la aqui para se afogar.

Pousar a bela garota na rocha foi o trabalho de um momento brutal. Ela era valente demais para oferecer alguma resistência em vão.

Muito perto da rocha, mas fora da vista deles, duas cabeças subiam e desciam, a de Peter e a de Wendy. Wendy chorava, pois era a primeira tragédia que assistia. Peter tinha assistido muitas tragédias, mas se esquecera de todas. Ele lamentava menos por Tiger Lily do que por Wendy. Eram dois contra um que o enfureciam e ele precisaria salvá-la. Uma maneira fácil seria esperar os piratas partirem, mas ele nunca foi desses que escolhem o caminho mais fácil.

Não havia quase nada que ele não pudesse fazer. Então, começou a imitar a voz do Gancho.

– Olá, vocês aí, seus imundos! – ele chamou.

A imitação foi perfeita.

– Olá, capitão! – responderam os piratas, olhando um para o outro, surpresos.

– Ele deve estar nadando para cá – Starkey disse, depois de eles procurarem em vão.

– Estamos colocando a pele-vermelha na rocha – Smee gritou.

– Libertem-na – foi a resposta surpreendente.

– Libertá-la?

– Sim, cortem as amarras e deixem-na partir.

– Mas, capitão…

– Imediatamente, vocês ouviram! – exclamou Peter. – Ou eu mergulharei o meu gancho em vocês.

– Isso é estranho! – Smee engasgou.

– É melhor fazer o que o capitão manda – Starkey retrucou, nervoso.
– Lá vai – disse Smee, e cortou as cordas de Tiger Lily.

No mesmo momento, como uma enguia, ela deslizou por entre as pernas de Starkey para a água.

É claro que a Wendy estava muito entusiasmada com a esperteza de Peter. Mas ela sabia que ele também ficaria exultante e, muito provavelmente, gritaria como corvo e, assim, se trairia, de modo que ela levantou a mão para tapar a boca dele. Mas seu gesto ficou parado no ar, pois a voz do Gancho ecoou pela lagoa:

– Barco à frente!

Só que, dessa vez, não foi o Peter quem falou. Ele poderia estar prestes a gritar, mas seu rosto murchou num assobio de surpresa.

– Barco à frente! – mais uma vez insistiu a voz.

Agora Wendy entendeu. O verdadeiro Gancho também estava na água.

Ele vinha nadando até o barco e, assim que seus homens mostraram uma luz para guiá-lo, logo os alcançou. À luz da lanterna, Wendy viu o gancho agarrar a borda do barco. Ela viu seu rosto sombrio e malvado enquanto ele se levantava da água pingando e tremendo. Ela gostaria de nadar para longe, mas Peter não se mexia. Ele fervilhava de tão animado e ainda transbordava de vaidade:

– Eu não sou o máximo? Ah! Sim, eu sou o máximo! – ele sussurrou para ela. Embora também pensasse assim, ela ficou realmente feliz a respeito da reputação dele e por ninguém ter ouvido isso, a não ser ela própria.

Ele fez um sinal para ela escutar.

Os dois piratas estavam muito curiosos para saber o que havia trazido seu capitão a eles, mas ele ficou sentado com a cabeça sobre o gancho, numa posição de profunda melancolia.

– Capitão! Está tudo bem? – eles perguntaram timidamente, mas ele respondeu com um gemido cavernoso.

– Ele suspirou – Smee comentou.

– Ele suspirou de novo – Starkey confirmou.

– E suspirou ainda pela terceira vez! – Smee admirou-se.

– O que há, capitão?

Então finalmente ele desabafou escandalosamente.

– O jogo acabou! – ele berrou. – Aqueles garotos encontraram uma mãe.

Apesar de assustada, Wendy se encheu de orgulho.

– Oh, dia infeliz! – Starkey indignou-se.

– O que é uma mãe? – perguntou o ignorante Smee.

Wendy ficou tão chocada, que exclamou:

– Ele não sabe! – Depois disso, ela sempre achava que se as pessoas pudessem ter um pirata de estimação, Smee seria o dela.

Peter puxou-a para dentro da água, porque Gancho começou a gritar.

– O que foi isso?

– Eu não ouvi nada – disse Starkey, levantando a lanterna sobre as águas.

Quando os piratas olharam, tiveram uma visão estranha. Era o ninho de que falei, flutuando na lagoa, com o pássaro do Nunca sentado em cima.

– Veja o que é uma mãe – Gancho comentou em resposta à pergunta de Smee. – Que belo exemplo! O ninho deve ter caído na água, mas a mãe abandonaria seus ovos? Jamais.

Houve uma pausa em sua fala, como se por um momento ele se lembrasse de seus dias de inocência, quando... Mas ele afastou essa fraqueza com seu gancho.

Smee, muito impressionado, admirava a ave enquanto o ninho passava. Mas Starkey, mais desconfiado, observou:

– Se ela é mãe, talvez esteja por aqui para ajudar o Peter.

Gancho estremeceu.

– É! – ele disse. – Era isso que eu temia.

Ele foi despertado desse abatimento pela voz ansiosa do Smee.

– Capitão, será que não poderíamos sequestrar a mãe desses garotos e torná-la nossa mãe? – Smee sugeriu.

– Seria um esquema esplêndido! – Gancho exclamou e imediatamente a ideia tomou forma prática em seu grande cérebro. – Vamos sequestrar as crianças e levá-las para o barco. Faremos os meninos andarem na prancha e Wendy será a nossa mãe.

Mais uma vez Wendy se esqueceu de onde estava.

– Jamais! – ela exclamou e se agitou.

– O que foi isso?

Mas eles não conseguiam ver nada. Acharam que deveria ter sido uma folha ao vento.

– Estão de acordo, meus valentões? – o Gancho perguntou.

– Aqui está a minha mão! – ambos responderam.

– E aqui está o meu gancho. Vamos jurar.

Todos juraram. A essa altura, eles estavam na rocha e, de repente, Gancho lembrou-se de Tiger Lily.

– Onde está a pele-vermelha? – ele indagou abruptamente.

Ele tinha momentos de humor brincalhão e os piratas acharam que esse era um desses momentos.

– Está tudo bem, capitão – Smee respondeu satisfeito. – Nós a deixamos ir.

– Deixaram-na ir? – Gancho esbravejou.

– Por causa das suas próprias ordens – o imediato balbuciou.

– Você mandou de dentro da água para que a deixássemos ir – Starkey lembrou.

– Pelo fogo do inferno! – trovejou Gancho. – Que trapalhada está acontecendo aqui?

O rosto dele ficou rubro de raiva, mas ele viu que eles acreditavam em suas palavras e ficou surpreso.

– Rapazes – ele disse, tremendo bastante –, eu não dei essa ordem.

– Isso está ficando esquisito – Smee estranhou.

Todos se mexiam desconfortáveis. Gancho levantou a voz, mas havia um arrepio nela.

– Espírito que assombra esta lagoa escura nesta noite! – ele gritou. – Pode me ouvir?

É claro que Peter deveria ter ficado quieto, mas é claro que ele não ficou. Imediatamente respondeu na voz do Gancho:

– Macacos me mordam! Eu ouço você.

Nesse momento sublime, Gancho não empalideceu, nem se arrepiou, mas Smee e Starkey se agarraram um ao outro apavorados.

– Quem é você, estranho? Fale! – Gancho ordenou.

– Eu sou James Gancho – respondeu a voz –, capitão do *Jolly Roger*.

– Não! Você não é, você não é – Gancho gritou com voz rouca.

– Pelo fogo do inferno! – a voz replicou. – Diga isso de novo e eu lançarei âncoras em você.

Gancho tentou de uma maneira mais insinuante.

– Se você é o Gancho – ele disse quase humildemente –, então queira me dizer, quem sou eu?

– Um bacalhau, apenas um bacalhau – a voz respondeu.

– Um bacalhau! – Gancho ecoou sem graça.

Foi então, mas não antes de então, que seu espírito orgulhoso se partiu. Ele viu seus homens se afastarem dele.

– Fomos capitaneados todo esse tempo por um bacalhau! – eles murmuraram. – Isso está acabando com o nosso orgulho.

Eram seus cães de guarda rosnando para ele. Mas, apesar de ter se tornado uma figura trágica, ele mal os escutava. Contra essa evidência temerária, não era a crença deles de que ele precisava. Era dele mesmo, pois sentia seu ego se esvaindo de si:

– Não me abandone agora, valentão – ele sussurrou com voz rouca para si próprio.

Em sua natureza sombria havia um toque de feminilidade, como em todos os grandes piratas, que às vezes lhe dava intuições. De repente, ele tentou o jogo de adivinhação.

– Gancho! – ele chamou. – Você tem outra voz?

Então Peter, que jamais resistia a um jogo, respondeu alegremente em sua própria voz.

– Tenho.

– E outro nome?

– Talvez.

– Vegetal? – Gancho perguntou.

– Não.

– Mineral?

– Não.

– Animal?

– Sim.

– Homem?

– Não! – essa resposta soou desdenhosa.

– Garoto?

– Sim.

– Menino comum?

– Não!

– Menino maravilhoso?

Para a aflição da Wendy, a resposta que soou desta vez foi "sim".

– Você está na Inglaterra?

– Não.

– Está aqui?

– Sim.

Gancho ficou completamente intrigado.

– Façam algumas perguntas a ele – Gancho disse para os outros, enxugando a testa suada.

Smee refletiu.

– Não consigo pensar em nada – ele disse pesaroso.

– Não consegue adivinhar, não consegue adivinhar! – Peter provocou. – Vai desistir?

É claro que em seu orgulho ele estava levando o jogo longe demais e os malfeitores perceberam a chance.

– Sim, sim – eles responderam ansiosos.

– Pois bem, então: eu sou Peter Pan! – ele gritou.

Pan! Imediatamente, Gancho voltou a ser ele mesmo. Smee e Starkey voltaram a ser seus capangas fiéis.

– Agora nós o pegamos – gritou Gancho. – Para a água, Smee. Starkey, cuide do barco. Peguem-no vivo ou morto!

Ele saltou enquanto falava e simultaneamente ouviu-se a voz alegre do Peter.

– Vocês estão prontos, garotos?

– Sim, sim – foi a resposta vinda de várias partes da lagoa.

– Então, para cima dos piratas!

A briga foi curta e intensa. O primeiro a tirar sangue foi João, que valentemente subiu no barco e segurou o Starkey. Houve uma luta feroz, na qual o sabre foi arrancado do punho do pirata. Ele se retorceu e caiu do barco pela amurada. João saltou atrás dele. O bote se afastou à deriva.

James M. Barrie

Aqui e ali, uma cabeça se erguia na água e viam-se lampejos de aço seguidos por gritos ou vaias. Na confusão, alguns atacaram gente do próprio lado. O saca-rolhas de Smee atingiu Tootles na quarta costela, mas ele próprio foi apunhalado, por sua vez, pelo Curly. Mais longe da pedra, Starkey pressionava muito Slightly e os gêmeos.

Durante todo esse tempo, onde Peter foi parar? Ele estava procurando disputar um jogo maior.

Todos os outros eram garotos corajosos e não deviam ser culpados por recuarem do capitão pirata. A garra de ferro dele fazia um círculo de água parada ao redor dele, de onde eles fugiam como peixes atordoados.

Mas havia alguém que não o temia. Havia alguém preparado para entrar nesse círculo.

Estranhamente, não foi na água que eles se encontraram. Gancho foi até a pedra para respirar e, no mesmo instante, Peter a escalou pelo lado oposto. A rocha era escorregadia como uma bola e eles tinham que engatinhar em vez de subir. Nenhum dos dois sabia que o outro estava chegando. Para tentar se agarrar, um encontrou o braço do outro. Surpresos, eles levantaram a cabeça, com seus rostos quase se tocando. Assim, eles se encontraram.

Alguns dos maiores heróis já confessaram que, um pouco antes de entrarem no combate, sentiam enjoo. Se isso acontecesse com Peter naquele momento, eu concordaria. Afinal, Gancho era o único homem que o terrível pirata Long John Silver temia. Mas Peter não ficou enjoado, muito pelo contrário, ele tinha apenas um sentimento: alegria. Ele rangeu os lindos dentes, de alegria. Rapidamente, achou ter arrancado a faca do cinto de Gancho e estava prestes a levá-la para casa, quando percebeu que estava mais alto na pedra do que seu adversário. Não seria um combate justo. Assim, ele deu uma mão ao pirata para ajudá-lo.

Foi então que Gancho o feriu.

Peter ficou atordoado. Não pela dor, mas pela injustiça. Isso o deixou completamente desamparado. Ele só podia olhar, horrorizado. Toda criança fica afetada assim, da primeira vez que é tratada injustamente. Tudo o que você acha que tem direito de acontecer quando acontece com você, é que haja justiça. Depois de alguém ter sido injusto com você, você vai amar essa pessoa novamente, mas nunca mais será a

Peter Pan

mesma pessoa. Ninguém jamais supera a primeira injustiça. Ninguém, exceto Peter. Muitas vezes isso acontecia com ele, mas ele sempre se esquecia. Eu suponho que essa era a real diferença entre ele e o resto.

Assim, quando aconteceu, foi como se acontecesse pela primeira vez. E ele só podia olhar, impotente. Duas vezes a mão de ferro o feriu.

Alguns momentos depois, os outros garotos viram Gancho golpeando descontroladamente a água rumo ao navio. Não havia, então, nenhum contentamento no rosto pestilento dele, apenas pavor, pois o crocodilo vinha em obstinada perseguição a ele. Em ocasiões comuns, os Garotos nadariam ao lado, aplaudindo. Mas agora eles estavam inquietos, pois haviam perdido tanto o Peter quanto a Wendy. Vasculharam a lagoa em busca deles, chamando-os pelo nome. Encontraram o bote e voltaram para casa, gritando, enquanto caminhavam: – Peter, Wendy.

Mas não obtiveram resposta, a não ser risadas zombeteiras das sereias.

– Eles devem voltar nadando ou voando – os garotos concluíram. Não ficaram muito ansiosos, porque tinham muita fé em Peter. Como meninos, eles riram, porque se atrasariam para dormir. E tudo isso por culpa da mãe Wendy!

Quando o vozerio deles sumiu, um silêncio frio tomou conta da lagoa. Então, ouviu-se um grito fraco.

– Socorro, socorro!

Duas pequenas figuras bateram contra a pedra. A menina desmaiou e ficou deitada no braço do menino. Num último esforço, Peter puxou-a para cima da rocha e deitou-se ao lado dela. Antes de ele também desmaiar, viu que a água estava subindo. Ele sabia que logo se afogariam, mas não podia fazer mais nada.

Enquanto eles estavam deitados lado a lado, uma sereia pegou a Wendy pelos pés e começou a puxá-la suavemente para a água. Peter, sentindo que ela escorregava, acordou sobressaltado e chegou a tempo de trazê-la de volta. Mas ele tinha que contar a verdade a ela.

– Estamos na pedra, Wendy – ele disse. – Mas o espaço está diminuindo. Logo a água vai cobrir tudo.

Ela não entendia nada.

– Temos que ir – ela respondeu, quase com alegria.

– Sim – ele respondeu com voz sumida, exaurido.

– Vamos nadar ou voar, Peter?

Ele precisava dizer a ela.

– Wendy, você acha que aguentaria nadar ou voar até a ilha, sem a minha ajuda?

Ela teve de admitir que estava muito cansada.

Ele gemeu.

– O que foi? – ela perguntou imediatamente, ansiosa por causa do estado dele.

– Não posso lhe ajudar, Wendy. Gancho me feriu. Não consigo voar, nem nadar.

– Você quer dizer que ambos morreremos afogados?

– Veja como a água está subindo.

Eles colocaram as mãos sobre os olhos para tapar a visão. Acharam que logo não haveria mais nada. Assim que se sentaram, algo roçou Peter tão suave como um beijo e ficou ali, como se dissesse timidamente:

– Posso ajudar?

Era a cauda de uma pipa, que Miguel havia feito alguns dias antes. Ela se soltou por conta própria da mão dele e flutuou para longe.

– É a pipa do Miguel – Peter reconheceu, desinteressado.

Mas, no momento seguinte, ele agarrou a cauda, puxando a pipa para si.

– Isso tirou Miguel do chão – ele gritou. – Será que não carregaria você?

– Nós dois!

– Não vai levantar os dois. Miguel e Curly tentaram.

– Vamos tirar a sorte – Wendy disse corajosamente.

– Jamais! Você é uma dama...

Ele já tinha amarrado a cauda ao redor dela. Ela se agarrou a ele, recusando-se a partir sozinha, mas ele empurrou-a da rocha dizendo:

– Adeus, Wendy.

Em poucos minutos ela desapareceu de sua vista. Peter ficou sozinho na lagoa.

A pedra, que estava muito pequena agora, logo ficaria submersa. Pálidos raios de luz atravessavam as águas na ponta dos pés. Aqui e ali

Peter Pan

ouvia-se o som ao mesmo tempo mais musical e mais melancólico do mundo. Eram as sereias chamando a lua.

Peter não era como os outros garotos, mas ele finalmente sentiu medo. Um tremor passou por ele, como um maremoto passa pelo mar. No mar, porém, um estremecimento segue-se de outro até que ocorram centenas deles, e Peter sentiu apenas um. No momento seguinte ele já estava de pé na rocha novamente, com um sorriso enorme no rosto e sentindo uma disposição como se um tambor estivesse batendo dentro dele.

– Morrer será uma grande aventura! – ele exclamou.

O PÁSSARO DO NUNCA

Os últimos sons que Peter ouviu antes de ficar sozinho foram das sereias se retirando uma a uma para seus quartos no fundo do mar. Ele estava longe demais para ouvir as portas fecharem, mas todas as portas nas cavernas de coral onde elas moram tocam um sino minúsculo quando abrem ou fecham (como em todas as boas casas do continente), e ele ouviu os sinos.

Com firmeza, as águas foram subindo até lamberem os pés dele. E, para passar o tempo até que finalmente chegasse o afogamento, ele observava a única coisa que se movia na lagoa. Achou que fosse um pedaço de papel flutuando, talvez uma parte da pipa, e imaginou quanto tempo isso levaria para encalhar na praia.

Logo ele notou que essa coisa estranha estava, sem dúvida, na lagoa com algum propósito definido, pois lutava contra a maré, às vezes vencendo. E, quando vencia, Peter, sempre simpático ao lado mais fraco, não podia deixar de aplaudir. Era um pedaço de papel muito valente.

Na verdade, não era realmente um pedaço de papel, mas um pássaro do Nunca, fazendo esforços desesperados para levar seu ninho até Peter. Ao bater as asas, de uma maneira que aprendeu assim que o ninho caiu na água, a ave conseguia, até certo ponto, guiar sua estranha embarcação. Mas, no momento em que Peter a reconheceu, ela estava muito exausta. Ela chegava para salvá-lo, para lhe dar o ninho, embora houvesse ovos nele. Eu me admirei com essa ave, pois embora Peter fosse gentil com ela, às vezes ele também a atormentava. Suponho que, como a senhora Darling e os outros, ela ficava derretida assim porque ele tinha todos os dentes de leite.

Ela disse a ele o que tinha vindo fazer, assim que ele perguntou por que ela estava ali. Mas é claro que nenhum deles entendia a linguagem do outro. Nas histórias fantásticas, as pessoas podem falar normalmente com os pássaros e eu gostaria de poder fingir de que se tratava de uma dessas histórias, dizendo que Peter respondeu de modo inteligível ao pássaro do Nunca. Mas a verdade é melhor e eu quero contar apenas o que realmente aconteceu. Bem, não só eles não conseguiam entender um ao outro, como também esqueceram as boas maneiras.

– Eu... quero... que você... entre... no ninho... – a ave disse, falando da forma mais lenta e distinta possível. – E, então... você... pode... flutuar... até... a terra... Mas... estou... cansada... demais... para... chegar... mais... perto!... Então,... você... tente... nadar... até aqui...

– Do que você está falando? – Peter respondeu. – Por que você não deixa o ninho à deriva como de costume?

– Eu... quero... que você... – o pássaro falou e repetiu tudo.

Então Peter tentava responder de forma lenta e distinta.

– O que... você... está... querendo... dizer?

E assim por diante.

O pássaro do Nunca ficou irritado. Essas aves têm um temperamento de pavio muito curto.

– Você é um tolo! – ela gritou. – Por que não faz o que eu digo?

Peter percebeu que ela o estava ofendendo e, impulsivamente, retrucou do mesmo jeito.

– Tola é você!

Então, de maneira bastante curiosa, ambos tiveram a mesma atitude.

– Cale-se!

– Cale-se!

A ave, porém, estava determinada a salvá-lo se pudesse, e num último grande esforço impulsionou o ninho contra a pedra. Então, ela voou, abandonando seus ovos, para deixar bem clara sua intenção.

Assim, ele finalmente entendeu. Agarrou o ninho e agradeceu à ave, enquanto ela pairava no céu. Não foi para receber os agradecimentos dele, no entanto, que ela ficou pendurada no céu, mas para assisti-lo entrar no ninho e para ver o que ele faria com seus ovos.

Havia dois grandes ovos brancos. Peter levantou-os e refletiu. A ave cobriu o rosto com as asas, para não ver o destino de seus ovos, mas não pôde deixar de espiar entre as penas.

Esqueci se eu lhe contei que havia uma estaca fincada na pedra, colocada ali por alguns bucaneiros há muito tempo para demarcar o local do tesouro enterrado. As crianças haviam descoberto o cintilante tesouro e, de vez em quando, atrevidas, costumavam atirar chuvas de moedas de ouro, diamantes, pérolas e outras peças para as gaivotas, que atacavam achando que era comida e depois voavam para longe, enfurecidas com o golpe baixo aplicado. A estaca ainda estava lá e nela Starkey pendurou seu chapéu, que era grande e fundo, feito de lona impermeável, com uma aba larga. Peter pôs os ovos nesse chapéu e colocou-o na lagoa. Ele flutuou lindamente.

O pássaro do Nunca viu o que ele fez e gritou manifestando sua admiração. Peter, de forma lastimável, soltou seu grito de corvo, expressando seu agradecimento. Então, entrou no ninho, levantou a estaca como mastro e pendurou a camisa como vela. No mesmo instante, a ave pousou sobre o chapéu e novamente sentou-se para chocar seus ovos. Ela foi levada pela correnteza em uma direção e ele foi carregado em outra, ambos satisfeitos.

É claro que, ao chegar à praia, Peter encalhou sua barca em um lugar onde a ave facilmente a encontraria. Mas o chapéu fez um sucesso tão grande, que ela abandonou o ninho, que saiu boiando à deriva até se desfazer em pedaços. Muitas vezes, quando ia até a margem da lagoa, Starkey observava, muito amargurado, a ave sentada em seu chapéu. Como não a veremos novamente, vale a pena mencionar aqui que todos os pássaros do Nunca atualmente constroem ninhos nesse formato, com uma aba larga na qual os filhotes tomam ar fresco.

Peter foi recebido com enorme alegria quando chegou à casa embaixo da terra, quase ao mesmo tempo que Wendy, que havia sido levada de um lado para o outro pela pipa. Todos os garotos tinham aventuras para contar, mas talvez a maior aventura havia sido poderem se atrasar várias horas para dormir. Isso os animava tanto, que eles fizeram várias coisas desonestas, como pedir curativos, para ficarem ainda mais tempo acordados. Mas Wendy, embora comemorando o fato de estarem em casa de novo sãos e salvos, ficou escandalizada com o atraso do horário e passou a gritar, num tom de voz para ser obedecido:

– Já para a cama, já para a cama.

No dia seguinte, porém, ela estava completamente terna, fez curativos em todo mundo e eles brincaram até a hora de dormir, manquitolando e carregando seus braços enfaixados em tipoias.

O lar Feliz

Um resultado importante do atrito na lagoa foi os peles-vermelhas se tornarem amigos deles. Peter salvou Tiger Lily de um destino terrível e agora não havia nada que ela e seus bravos não fizessem por ele. Todas as noites eles ficavam sentados lá em cima, vigiando a casa embaixo da terra, aguardando o grande ataque dos piratas que obviamente não haveria de demorar muito mais. Mesmo durante o dia, eles se penduravam por ali, fumando o cachimbo da paz, quase parecendo que esperavam guloseimas para comer.

Eles chamavam o Peter de "grande pai branco", prostrando-se diante dele, e ele gostava imensamente disso, o que na verdade não era muito bom para ele.

– O grande pai branco – ele lhes dizia de maneira muito altaneira, enquanto eles se humilhavam a seus pés – fica feliz em ver os guerreiros Piccaninnies protegendo sua tenda dos piratas.

– Eu Tiger Lily – a adorável criatura respondia. – Peter Pan salvar mim, eu ser bom amiga. Não deixar piratas machucarem ele.

Ela era bonita demais para se submeter a bajulá-lo dessa maneira, mas Peter achava que merecia.

– Isso é bom. Peter Pan falou – ele respondia, lisonjeado.

Sempre quando ele dizia isso – Peter Pan falou – significava que eles deviam calar a boca, o que aceitavam humildemente nesse espírito. Mas de modo algum eles eram assim tão respeitosos com os outros garotos, que consideravam apenas bravos comuns. Os peles-vermelhas diziam para os meninos coisas como: – E daí?

O que aborrecia os garotos era que o Peter parecia achar tudo isso correto.

Secretamente, Wendy concordava um pouco com eles, mas ela era uma dona de casa muito leal para ouvir reclamações contra o pai.

– O pai sabe o que é melhor – ela sempre dizia, qualquer que fosse sua opinião pessoal, embora esta fosse de que os peles-vermelhas não deveriam chamá-la de "squaw", que quer dizer "mulher" ou "esposa" entre eles.

Chegamos então à noite que seria conhecida entre eles como a Noite das Noites, por causa das aventuras e do resultado. O dia, como se silenciosamente reunisse forças, tinha sido quase monótono e agora os peles-vermelhas em seus cobertores estavam em seus postos lá em cima, enquanto, embaixo, as crianças faziam a refeição da noite. Todos menos Peter, que saiu para saber que horas eram. Para saber a hora na ilha era preciso encontrar o crocodilo e então ficar perto dele até o relógio tocar.

Acontece que essa refeição seria um chá de faz de conta e eles se sentaram em volta da mesa, devorando tudo com ganância. E, de fato, com tanta conversa e tanto bate-boca, o barulho, como disse Wendy, era efetivamente ensurdecedor. Para ser sincero, ela não se importava com o barulho, mas simplesmente não queria que eles pegassem coisas e ficassem se desculpando, dizendo que Tootles tinha empurrado o coto-velo deles. Havia uma regra fixa que dizia de que eles nunca deveriam revidar nas refeições, mas sim deveriam encaminhar o assunto da discórdia para Wendy, levantando o braço direito educadamente e dizendo:

– Eu reclamo de tal e tal coisa.

No entanto, o que geralmente acontecia era que eles esqueciam de fazer isso ou faziam demais.

– Silêncio – Wendy gritou quando, pela vigésima vez, ela disse a eles que nem todos deveriam falar ao mesmo tempo. – A sua caneca está vazia, Slightly querido?

– Ainda não está totalmente vazia, mamãe – Slightly respondeu, depois de olhar sua caneca imaginária.

– Ele nem começou a tomar o leite – Nibs meteu o bedelho.

Isso era provocação e Slightly aproveitou a chance.

– Eu reclamo do Nibs – ele gritou prontamente.

João, no entanto, levantou a mão antes.

– O que foi, João?

– Posso sentar na cadeira do Peter, já que ele não está aqui?

– Sentar-se na cadeira do pai, João! – Wendy ficou indignada. – Não, com certeza, não.

– Ele não é nosso pai de verdade – João respondeu. – Ele nem sabia como era ser pai até eu mostrar a ele.

Isso foi desagradável.

– Nós reclamamos do João – gritaram os gêmeos.

Tootles levantou a mão. Ele era o mais humilde de todos. Na verdade, ele era o único humilde, então Wendy era especialmente gentil com ele.

– Eu não acho – disse Tootles timidamente – que poderia ser pai.

– Não, Tootles.

Uma vez que Tootles começava, o que não era muito frequente, ele tinha uma maneira muito boba de continuar.

– Já que eu não posso ser pai – ele disse com seriedade –, será, Miguel, que você me deixaria ser bebê?

– Não, eu não deixo – Miguel recusou, porque ele já estava no cesto.

– Já que eu não posso ser bebê – Tootles prosseguiu, ficando cada vez mais sério –, será que eu poderia ser gêmeo?

– Não, de jeito nenhum – responderam os gêmeos. – É muito difícil ser gêmeo.

– Já que não posso ser nada importante – disse Tootles –, algum de vocês gostaria de me ver fazer um truque?

– Não – todos responderam.

Então finalmente ele parou.

– Eu realmente não tinha esperança – ele concluiu.

As terríveis provocações começaram novamente.

– Slightly está tossindo na mesa.

– Os gêmeos começaram com baboseira.

– Curly está pegando manteiga e mel.

– Nibs está falando com a boca cheia.

– Eu reclamo dos gêmeos.

– Eu reclamo do Curly.

– Eu reclamo do Nibs.

– Oh, meu Deus! Oh, meu Deus! – Wendy exclamava. – Tenho certeza de que às vezes penso que as solteironas merecem ser invejadas!

Ela pediu que eles se afastassem e sentou-se com sua cesta de costura, com uma carga pesada de meias furadas e calças com buracos no joelho, como de costume.

– Wendy! – Miguel protestou. – Eu sou muito grande para ficar no berço.

– Eu preciso ter alguém no berço – ela respondeu quase indelicada –, e você é o menor. Um berço é uma coisa muito boa de se ter em casa.

Enquanto ela costurava, eles brincavam ao seu redor, formando um grupo de rostos felizes e de braços e pernas que dançavam iluminados por aquela lareira romântica. Essa cena tornara-se muito familiar na casa embaixo da terra, mas estamos olhando para ela pela última vez.

Alguém deu um passo em cima e Wendy, pode ter certeza, foi a primeira a reconhecê-lo.

– Filhos, eu ouvi o passo do seu pai. Ele gosta que vocês o esperem na porta.

Em cima, os peles-vermelhas se agacharam diante do Peter.

– Vigiem bem, bravos. Estamos conversados.

E então, como tantas vezes antes, as crianças alegres o arrastaram de sua árvore. Como tantas vezes antes, mas nunca mais depois.

Ele trouxe nozes para os garotos, assim como a hora certa para Wendy.

– Peter, você acabou de mimá-los, você sabe disso – Wendy fingiu sorrir.

– Ah, minha velha! – Peter disse, pendurando sua arma.

– Fui eu quem disse a ele que as mães também são chamadas de "minha velha" – Miguel sussurrou para Curly.

– Eu reclamo do Miguel – Curly reagiu imediatamente.

– Pai, nós queremos dançar – o primeiro gêmeo pediu ao Peter.

– Então, dance, rapazinho – disse Peter, que estava de bom humor.

– Mas nós queremos que você dance.

Peter era realmente o melhor dançarino entre eles, mas fingiu estar indignado.

– Eu? Mas os meus velhos ossos estalariam!

– E a mamãe também.

– Que isso! – Wendy exclamou. – A mãe dessa criançada dançar?

– Mas é sábado à noite – Slightly insinuou.

Não era realmente uma noite de sábado, apesar de que talvez até pudesse ser, pois há muito tempo eles haviam perdido a conta dos dias. Mas sempre, quando queriam fazer algo especial, eles diziam que era sábado à noite e depois faziam o que queriam.

– Claro que é sábado à noite, Peter – Wendy disse, cedendo.
– Pessoas como nós, Wendy!
– Mas é só com a nossa prole...
– É verdade, é verdade.

Então eles foram avisados de que poderiam dançar, mas deveriam colocar as roupas de dormir antes.

– Ah, minha velha! – Peter disse à parte para Wendy, aquecendo-se junto ao fogo e olhando para ela, que se sentou, girando o calcanhar. – Não há nada mais agradável, numa noite para você e para mim, quando o trabalho do dia acaba, do que descansar junto à lareira com os pequenos por perto.

– É uma delícia, não é, Peter? – Wendy respondeu, incrivelmente satisfeita. – Peter, acho que Curly tem o seu nariz!

– O do Miguel é mais o seu.

Ela se aproximou do menino e pôs a mão no ombro dele.

– Querido Peter! – ela disse. – Com uma família assim tão grande, é claro, agora já passei da minha melhor fase, mas você não quer me trocar por outra, não é?

– Não, Wendy!

Certamente que ele não queria trocá-la, mas olhou para ela pouco à vontade, piscando, você sabe, como se não tivesse certeza se estava acordado ou dormindo.

– Peter, o que foi isso?

– É que eu estava apenas pensando – disse ele, um pouco assustado. – É só de faz de conta, não é, que eu sou o pai deles?

– Ah, é! – Wendy disse, encantada.

– Como você sabe – ele continuou se desculpando –, ser o verdadeiro pai deles me faria parecer velho demais.

– Mas eles são nossos, Peter, seus e meus.

– Mas, de verdade, Wendy? – ele perguntou ansioso.

– Não se você não quiser – ela respondeu e ouviu claramente o suspiro de alívio dele. – Peter – ela quis saber, tentando falar com firmeza –, quais são seus reais sentimentos a meu respeito?

– Os de um filho dedicado, Wendy.

– Foi o que pensei – ela disse, indo sentar-se sozinha na outra extremidade da sala.

– Você é muito esquisita – ele comentou, intrigado. – E Tiger Lily é a mesma coisa. Há algo que ela quer ser para mim, mas ela diz que não é ser minha mãe.

– Não, de fato ela não é – Wendy respondeu com ênfase assustadora.

Agora sabemos por que ela tinha tanto preconceito contra os peles-vermelhas.

– Então, o que é?

– Nada que uma dama possa dizer.

– Pois bem! – disse Peter, um pouco irritado. – Talvez Sininho me diga.

– Oh! Sim, Sininho lhe dirá – Wendy replicou com desdém. – Ela é uma pequena criatura abandonada.

E então Sininho, que estava em seu quarto, espionando, chiou de maneira indecente.

– Ela diz que se orgulha de ser abandonada – interpretou Peter.

Então, ele teve uma ideia repentina.

– Será que a Sininho quer ser minha mãe?

– Seu boboca! – gritou Sininho furiosa.

Ela já havia se expressado assim tantas vezes, que Wendy não precisou de tradução.

– Eu quase concordo com ela – Wendy esbravejou.

A graciosa Wendy esbravejando! Mas ela havia sido muito provocada e pouco sabia sobre o que aconteceria antes de a noite terminar. Se soubesse, não teria esbravejado.

Nenhum deles sabia. Talvez fosse melhor não saberem. Essa ignorância lhes dava mais uma hora feliz. E, como seria a última hora deles na ilha, vamos comemorar a existência desses sessenta e poucos minutos de alegria. Eles cantaram e dançaram em suas roupas de gala. Era uma canção deliciosamente arrepiante, na qual eles fingiam que estavam assustados com suas próprias sombras, não imaginando que logo mais as sombras se aproximariam deles e que eles se encolheriam realmente com medo. Quão ruidosa e alegre foi essa dança e como eles se estapearam uns aos outros na cama e fora dela! Foi uma guerra de travesseiros, não exatamente uma dança, e, quando terminou, os travesseiros insistiram em mais uma rodada, como parceiros que sabiam que talvez jamais voltassem a se encontrar. Quantas histórias foram contadas, antes do horário de boa-noite da Wendy! Até mesmo o Slightly tentou contar uma história nessa noite, mas o começo foi tão assustadoramente entediante, que incomodou não apenas os outros, mas a ele próprio.

– Sim, o começo foi entediante. Então, vamos fingir que era o fim – ele disse melancolicamente.

Por fim, todos foram para a cama para escutar a história da Wendy, a história que eles mais amavam e a história que Peter mais detestava. Normalmente, quando ela começava a contar essa história, ele saía da sala ou colocava as mãos nos ouvidos. Provavelmente, se ele tivesse feito qualquer uma dessas coisas dessa vez, todos ainda poderiam estar na ilha. Mas nessa noite ele permaneceu sentado em seu banquinho. E nós veremos o que aconteceu.

A HISTÓRIA DE WENDY

– Escutem, então – disse Wendy, acomodando-se para contar sua história, com o Miguel a seus pés e os sete garotos na cama. – Era uma vez um cavalheiro...

– Eu preferia que fosse uma dama – Curly interrompeu.

– Eu gostaria que fosse um rato branco – Nibs emendou.

– Calma – a mãe advertiu-os. – Era uma vez uma dama também e...

– Oh, mamãe! – exclamou o primeiro gêmeo. – Você quer dizer que também havia uma dama, não é? Ela não está morta, está?

– Ah, não.

– Estou muito feliz por ela não estar morta – disse Tootles. – Você está feliz, João?

– Claro que estou.

– Você está feliz, Nibs?

– Muito.

– Vocês estão felizes, gêmeos?

– Nós estamos felizes.

– Oh, queridos... – suspirou Wendy.

– Vamos fazer um pouco menos de barulho aí – Peter reclamou, determinando que ela tinha direito a um jogo limpo, não importando o quão chata qualquer história pudesse ser na sua opinião.

– O nome do cavalheiro – Wendy continuou – era senhor Darling e o nome dela era senhora Darling.

– Eu os conheci – João disse, para aborrecer os outros.

– Eu acho que os conheci – Miguel disse, meio em dúvida.

– Eles eram casados, como vocês sabem – Wendy explicou –, e o que vocês acham que eles tinham?

– Ratos brancos! – Nibs gritou, triunfante.

– Não.

– É muito intrigante – disse Tootles, que conhecia a história de cor.

– Calma, Tootles. Eles tinham três descendentes.

– O que são descendentes?

– Bem, você é um, gêmeo.

– Ouviu isso, João? Eu sou um descendente!

– Descendentes são apenas crianças – João afirmou.

– Oh, meu Deus! Oh, meu Deus! – Wendy suspirou. – Então, essas três crianças tinham uma babá fiel, chamada Naná. Mas o senhor Darling ficou zangado com ela e acorrentou-a no quintal, e assim todos os filhos voaram para longe...

– É uma história muito boa – disse Nibs.

– Eles voaram para longe – Wendy continuou –, para a Terra do Nunca, onde estão os Garotos Perdidos.

– Eu só sei que eles conseguiram – Curly interrompeu, animado. – Não sei como foi, só sei que eles conseguiram!

– Ei, Wendy! – Tootles gritou. – Por acaso uma das crianças perdidas se chamava Tootles?

– Sim!

– Eu estou em uma história. Viva! Eu estou em uma história, Nibs.

– Silêncio. Agora eu quero que vocês pensem no sentimento dos pais infelizes com todos os seus filhos sendo levados embora.

– Oh! – todos lamentaram, embora ninguém estivesse realmente pensando nem um pouco no sentimento dos pais infelizes.

– Pensem nas camas vazias!

– Oh!

– É muito triste – o primeiro gêmeo disse entusiasmado.

– Eu não vejo como isso possa ter um final feliz – ponderou o segundo gêmeo. – E você, Nibs?

– Eu estou terrivelmente ansioso.

– Se soubessem quão grande é o amor de mãe – Wendy comentou, sentindo-se gloriosa –, vocês não teriam medo.

Ela agora chegava à parte que Peter detestava.

– Eu gosto do amor de mãe – disse Tootles, batendo em Nibs com um travesseiro. – Você não gosta do amor de mãe, Nibs?

– É claro que eu gosto – Nibs disse, batendo de volta.

– Como vocês podem ver – Wendy falou satisfeita –, a nossa heroína sabia que uma mãe sempre deixava a janela aberta para os filhos voltarem. Então, eles ficaram longe por muitos anos e passaram um tempo maravilhoso.

– Eles já voltaram?

– Vamos ver isso agora – Wendy explicou, preparando-se para o seu melhor esforço. – Vamos dar uma espiada no futuro.

Todos eles deram em si próprios a reviravolta que facilita as espiadas no futuro.

– Passaram-se anos e quem é esta senhora elegante de idade incerta que desembarca na estação de Londres?

– Oh, Wendy! Quem é ela? – Nibs gritou, tão animado como se não soubesse.

– Talvez seja ninguém mais e ninguém menos do que a própria Wendy!

– Oh!

– E quem são esses dois nobres figurões corpulentos que a acompanham, agora crescidos e com o porte de homens? Será que eles podem ser o João e o Miguel? Isso mesmo, são eles!

– Oh!

Então, Wendy disse apontando para cima:

– Vejam, queridos irmãos! A janela ainda está aberta. Ah! Agora somos recompensados pela nossa fé sublime no amor de mãe.

E, assim, eles voaram para a mamãe e para o papai e nenhuma caneta jamais poderia descrever essa cena tão feliz, sobre a qual fechamos as cortinas.

Essa era a história e eles ficavam tão satisfeitos em ouvi-la quanto a própria narradora. Tudo exatamente como deveria ser, você não acha? Evidentemente, quando agimos da mesma maneira como as coisas mais insensíveis do mundo, que é o que as crianças são, apesar de serem tão encantadoras; e passamos um tempo totalmente egoísta; e, então, quando precisamos de atenção especial, prodigamente voltamos para ela, confiantes de que seremos recompensados em vez de sermos punidos.

Tão grande era a fé no amor de mãe, que eles sentiram que poderiam se dar ao luxo de serem insensíveis por um pouco mais de tempo.

Mas havia alguém que entendia melhor disso, e que, quando Wendy terminou, deixou escapar um gemido profundo.

Peter Pan

– O que foi isso, Peter? – ela estranhou e correu para ele, achando que era doença.

Ela examinou-o atentamente, um pouco abaixo do peito.

– Onde está doendo, Peter?

– Não é esse tipo de dor – Peter respondeu soturno.

– Então, de que tipo é?

– Wendy, você está errada sobre as mães.

Todos se reuniram afetuosamente em volta dele, tão alarmante era sua agitação. E ele, com total sinceridade, contou-lhes o que até então ocultara.

– Há muito tempo – ele disse –, eu achava, como você, que minha mãe sempre manteria a janela aberta para mim. Então, fiquei longe por muitas e muitas luas, mas quando voei de volta, a janela estava trancada, porque minha mãe se esqueceu de mim, e havia outro garotinho dormindo na minha cama.

Eu não tenho certeza se isso era verdade, mas Peter achava que era verdade, e assustou-os.

– Você tem certeza de que as mães são assim?

– Sim.

Então essa era a verdade sobre as mães. Que horror!

Ser prudente ainda é a melhor coisa e ninguém fica sabendo tão depressa como uma criança quando deve ceder.

– Wendy, vamos voltar para casa! – João e Miguel gritaram juntos.

– Sim! – ela disse, agarrando-os.

– Hoje à noite? – perguntaram os Garotos Perdidos, perplexos.

Eles sabiam, no que chamavam de coração, que alguém pode se dar muito bem sem a mãe e que só as mães acham que não pode.

– Imediatamente – Wendy respondeu decidida, porque um pensamento horrível tinha chegado a ela: talvez a mãe estivesse meio de luto nessas alturas.

Esse pavor a fez esquecer-se do que deviam ser os sentimentos do Peter.

– Peter, você não vai tomar as providências necessárias? – ela disse num tom de voz brusco.

– Se você quiser – ele respondeu, tão friamente como se ela tivesse lhe pedido para quebrar as nozes.

Nada de uma cena do tipo "desculpe-me por perder você" entre eles! Se Wendy não se importava com a separação, ele lhe mostraria que também não se importava.

Mas é claro que ele se importava, e muito. Ele estava tão cheio de ira contra os adultos, que, como de costume, estragavam tudo, que tão logo entrou em sua árvore respirou intencionalmente rápidas respirações curtas à velocidade de cinco vezes por segundo. Ele fazia isso porque há um ditado na Terra do Nunca o qual diz que um adulto morre toda vez que você respira. Peter os estava matando por vingança, o mais depressa possível.

Então, depois de dar as instruções necessárias aos peles-vermelhas, ele voltou para casa, onde uma cena insólita havia ocorrido em sua ausência. Atingido pelo pânico ao pensar em perder Wendy, os Garotos Perdidos avançaram sobre ela de modo ameaçador.

– Vai ficar pior do que antes dela chegar – eles gritavam.

– Nós não vamos deixá-la partir.

– Vamos mantê-la prisioneira.

– Isso, vamos acorrentá-la.

No canto em que estava, um instinto disse a ela a qual deles deveria recorrer.

– Tootles – ela gritou –, eu apelo a você.

Não era estranho? Ela apelou para Tootles, o mais bobo de todos.

Altivamente, porém, Tootles respondeu. Por um momento, ele deixou a tolice de lado e falou com dignidade.

– Eu sou apenas o Tootles – ele disse –, e ninguém se importa comigo. Mas o primeiro que não se comportar em relação à Wendy como um cavalheiro inglês, eu o sangrarei gravemente.

Ele puxou seu sabre e, no mesmo instante, sua alma brilhava como o sol ao meio-dia. Os outros recuaram pouco à vontade. Então Peter voltou e eles perceberam imediatamente que não receberiam apoio dele. Ele não manteria nenhuma garota na Terra do Nunca contra a vontade.

– Wendy – ele disse, caminhando para cima e para baixo –, pedi aos peles-vermelhas para guiá-la pelo bosque, pois voar lhe cansa demais.

– Obrigado, Peter.

– Então – ele continuou, no tom de voz curto e grosso de alguém acostumado a ser obedecido –, Sininho vai levá-la pelo mar. Acorde-a, Nibs.

Nibs teve que bater duas vezes antes de obter resposta, embora Sininho estivesse sentada na cama ouvindo há algum tempo.

– Quem é? Como ousa? Vá embora – ela esbravejou.

– Você vai se levantar, Sininho – Nibs falou – para levar a Wendy em uma jornada.

Claro que Sininho ficou encantada ao saber que Wendy estava indo embora, mas estava bem determinada a não ser a condutora dela e expressou isso em linguagem ainda mais ofensiva. Então, fingiu estar dormindo novamente.

– Ela diz que não vai! – Nibs exclamou, horrorizado com tal insubordinação, ao que Peter dirigiu-se incontinente para o quarto da moça.

– Sininho! – ele exclamou. – Se você não se levantar e se vestir eu vou abrir as cortinas e então todos nós veremos você de camisola.

Isso a fez saltar no chão.

– Quem disse que eu não estava me levantando? – ela protestou.

Enquanto isso, os Garotos olhavam totalmente desconsolados para Wendy, agora acompanhada de João e Miguel, pronta para a jornada. A essa altura, eles estavam abatidos, não apenas porque estavam prestes a perdê-la, mas também porque sentiam que ela estava partindo para fazer alguma coisa agradável para a qual eles não haviam sido convidados. Como de costume, a novidade acenava para eles.

Atribuindo a eles um sentimento mais nobre, Wendy ficou comovida.

– Queridos – ela disse –, se todos vocês forem comigo, tenho quase certeza de que posso fazer o meu pai e a minha mãe adotarem vocês.

O convite era dirigido especialmente ao Peter, mas cada um dos garotos pensou exclusivamente em si mesmo e imediatamente pularam de alegria.

– Mas eles não vão achar que somos um estorvo? – Nibs perguntou enquanto saltitava.

– Oh, não! – Wendy respondeu, pensando rápido. – Isso significa apenas ter que colocar algumas camas na sala de visitas. Elas podem ficar escondidas atrás de biombos nas primeiras quintas-feiras.

– Peter, podemos ir? – todos gritaram implorando. Eles tomavam como certo que, se fossem, ele também iria. Mas, na verdade, eles mal se importavam. Portanto, as crianças estão sempre prontas, quando a novidade bate, a abandonarem seus entes queridos.

– Tudo bem – Peter respondeu com um sorriso amargo no rosto. Imediatamente eles correram para pegar suas coisas.

– E agora, Peter – disse Wendy, achando que estava tudo certo –, eu vou dar o remédio a vocês antes de irmos embora.

Ela adorava dar remédio a eles e, sem dúvida, dava-lhes muito. Claro que era apenas água, mas estava num frasco, e ela sempre agitava esse frasco e contava as gotas, o que lhe dava certa qualidade medicinal. Nessa ocasião, porém, ela não deu ao Peter sua dose, pois, assim que a preparou, notou no rosto dele um olhar que fez seu coração naufragar.

– Pegue as suas coisas, Peter – ela falou, temerosa.

– Não! – ele respondeu, fingindo indiferença. – Eu não vou com vocês, Wendy.

– Vai sim, Peter.

– Não vou.

Para mostrar que a partida dela o deixaria indiferente, ele pulou para cima e para baixo na sala, tocando alegremente sua flauta sem arrependimento. Ela teve que correr atrás dele, embora essa atitude fosse bastante indigna.

– Para encontrar a sua mãe – ela tentou persuadi-lo.

Ora, se Peter teve mãe, já não sentia mais falta dela. Ele podia viver muito bem sem uma. Ele já não pensava nas mães e se lembrava apenas de seus pontos negativos.

– Não, não! – ele disse a Wendy decidido. – Talvez ela me diga que sou velho, quando eu só quero ser menino e me divertir para sempre.

– Mas, Peter...

– Não.

E assim ela teve que contar para os outros.

– O Peter não vai.

O Peter não ia! Eles olharam fixamente para ele, cada um com sua vara com uma trouxa nas costas. O primeiro pensamento deles foi que, se Peter não fosse, ele provavelmente teria mudado de ideia sobre deixá-los ir.

Mas ele era orgulhoso demais para isso.

– Se vocês encontrarem as suas mães – ele disse acabrunhado –, espero que gostem delas.

O terrível cinismo dessa declaração causou uma impressão desconfortável e, na maioria, eles começaram a parecer bastante inseguros. Afinal, seus rostos questionavam: será que não estavam sendo tontos por quererem partir?

– Muito bem, então! – Peter exclamou. – Sem problemas, sem choradeira. Adeus, Wendy.

Ele estendeu a mão alegremente, como se de fato eles devessem partir nessa hora, pois ele tinha alguma coisa importante para fazer.

Ela teve que apertar a mão dele, sem nenhuma indicação de que ele preferisse um dedal.

– Você vai se lembrar de trocar as suas ceroulas, Peter? – ela disse, demorando-se com ele. Ela sempre teve um cuidado especial pelas ceroulas dele.

– Sim.

– E você vai tomar o seu remédio?

– Sim.

Isso parecia ser tudo e uma pausa constrangedora se seguiu. Peter, no entanto, não era do tipo que desmorona diante de outras pessoas.

– Você está pronta, Sininho? – ele perguntou.

– Sim, sim.

– Então, a caminho!

Sininho arremeteu da árvore mais próxima, mas ninguém a seguiu, pois foi nesse exato momento que os piratas fizeram seu terrível ataque aos peles-vermelhas. Lá em cima, onde tudo permanecia parado, o ar foi rasgado por gritos e pelo choque das lâminas de aço. Embaixo, fez-se um silêncio mortal. Bocas se abriam e permaneciam abertas. Wendy caiu de joelhos, mas de braços estendidos em direção ao Peter. Todos os braços se estenderam para ele, como se de repente explodissem em sua direção, implorando para que ele não os abandonasse. Quanto ao Peter, ele agarrou sua espada, a mesma com a qual achava que havia matado Barbecue e a luxúria da batalha mostrou-se estampada em seus olhos.

As crianças são capturadas

O ataque dos piratas foi uma surpresa completa, uma prova segura de que o inescrupuloso Gancho o conduzira de maneira imprópria, pois surpreender os peles-vermelhas de maneira justa está além da inteligência do homem branco.

Por todas as leis não escritas da guerra dos selvagens, é sempre o pele-vermelha quem ataca e, com a astúcia própria de sua raça, ele o faz um pouco antes do amanhecer, quando sabe que a coragem dos brancos está em seu ponto mais baixo. Os homens brancos, porém, fizeram uma paliçada grosseira no cume de um terreno ondulante, ao pé do qual corre um riacho, pois é destruição certa ficar muito longe da água. Lá eles aguardavam o ataque, com os inexperientes engatilhando seus revólveres e esmagando galhos com os pés, enquanto os veteranos dormiam tranquilamente até pouco antes do amanhecer. Durante a longa noite escura, os batedores dos selvagens se retorciam feito cobras, pela grama, sem esbarrarem numa folha. O mato se fechava atrás deles, tão silenciosamente quanto a areia na qual uma toupeira mergulhou. Nenhum som podia ser ouvido, a não ser quando eles davam vazão à maravilhosa imitação do uivo solitário dos coiotes. Esse grito era respondido por outros bravos. Alguns deles o faziam ainda melhor que os coiotes, que não são muito bons nisso. Assim, as horas frias escoavam e o longo suspense testava tremendamente o cara-pálida que tinha que passar por isso pela primeira vez. Mas, para os de mão treinada, essa gritaria horrível e o silêncio ainda mais horroroso eram apenas uma indicação de que a noite estava marchando.

Sendo assim, esse era um procedimento habitual muito bem conhecido do Gancho que, ao desconsiderá-lo, não poderia ser desculpado alegando ignorância.

Os Piccaninnies, de sua parte, confiavam implicitamente na honra dele e todas as suas ações noturnas se destacavam em marcante contraste com as do pirata. Eles não deixaram de fazer nada que não fosse consistente com a reputação de sua tribo. Com esse estado de alerta dos sentidos, que é ao mesmo tempo a maravilha e o desespero dos povos

PETER PAN

civilizados, eles tomaram conhecimento de que os piratas estavam na ilha no momento em que um deles pisou em um galho seco e, num espaço de tempo incrivelmente curto, o grito do coiote ecoou. Cada pedaço de terra, entre o local onde o Gancho havia desembarcado suas forças e a casa sob as árvores, foi sorrateiramente examinado antes por bravos que usavam seus mocassins com calcanhar. Eles encontraram apenas uma colina com um riacho na base, de modo que Gancho não tinha escolha: ele se estabeleceria ali e aguardaria um pouco até amanhecer. Sendo assim, tendo tudo sido mapeado com uma astúcia quase diabólica, o corpo principal dos peles-vermelhas enrolou seus cobertores em volta de si e, no modo fleumático que é para eles a pérola da masculinidade, agacharam-se em cima da casa das crianças, aguardando o momento frio em que deveriam lidar com a pálida morte.

Ali sonhando, embora bem acordados, com as torturas requintadas a que haveriam de submetê-lo ao raiar do dia, esses selvagens confiantes foram encontrados pelo traiçoeiro Gancho. A partir dos relatos fornecidos pelos batedores que escaparam da carnificina, ele nem parece ter parado no terreno da subida, embora seja certo que naquela luz cinzenta deve tê-lo avistado. Nenhum pensamento de esperar para ser atacado pareceu, do começo ao fim, ter visitado sua mente sutil. Ele nem sequer aguentou até a noite estar quase terminada: encurralou-os sem outra intenção que não fosse atacar. O que mais os espiões desconcertados poderiam fazer, mestres como eram de todos os artifícios da guerra, menos esse, senão trotarem impotentes atrás dele, expondo-se fatalmente a serem vistos, enquanto davam expressão patética ao grito do coiote?

Ao redor da corajosa Tiger Lily havia uma dúzia de seus guerreiros mais fortes que, de repente, viram os pérfidos piratas caírem sobre eles. Desceu diante de seus olhos, em seguida, o véu através do qual eles tinham entrevisto a vitória. Eles não mais torturariam no poste. Porque agora eles eram a caça; e sabiam disso. Mas como filhos de seu pai eles se perdoaram. Ainda assim, teriam tempo de reunir uma falange, que seria difícil de derrotar se eles tivessem agido rapidamente. Mas fazer isso era proibido pelas tradições de sua raça, pois está escrito que o nobre selvagem jamais deve demonstrar surpresa na presença do branco.

Assim, por mais terrível que fosse a aparição súbita dos piratas, eles permaneceram parados por um momento, sem moverem nenhum músculo, como se o inimigo tivesse sido convidado. Então, de fato, com a tradição valentemente preservada, eles agarraram suas armas e o ar foi rasgado pelo grito de guerra. Mas era tarde demais.

Não nos cabe aqui descrever que foi um massacre em vez de uma luta. Ali, muitas flores da tribo Piccaninny pereceram. Nem todos os que foram mortos morreram sem serem vingados, pois com Lobo Magro tombou Alf Mason, para nunca mais perturbar o continente espanhol. E, entre tantos outros que lamberam a poeira, estavam Geo Scourie, Chas Turley e o alsaciano Foggerty. Turley caiu sob a machadinha do temível Pantera, que finalmente abriu caminho entre os piratas com Tiger Lily e um pequeno grupo remanescente da tribo.

Até que ponto Gancho deve ser culpado por suas táticas nessa ocasião cabe ao historiador decidir. Se ele tivesse esperado no terreno elevado até a hora apropriada, ele e seus homens provavelmente teriam sido massacrados. E, ao julgá-lo, é justo levar isso em consideração. O que talvez ele devesse ter feito seria informar seus opositores de que estava disposto a seguir um novo método. No entanto, ao destruir o elemento surpresa, sua estratégia teria se tornado inútil, de modo que essa questão toda está cheia de dificuldades. Ninguém pode ao menos negar uma relutante admiração pela inteligência que concebeu um esquema tão ousado e a genialidade com a qual foi executado.

Quais seriam os sentimentos dele sobre si próprio nesse momento triunfal? Ele pouco se importava que seus asseclas o soubessem quando, respirando fundo e limpando os cutelos, eles se reuniram a uma distância discreta de seu gancho, apertando seus olhos de fuinha para aquele homem extraordinário. A exaltação devia estar em seu coração, mas seu rosto não a refletia. Sempre sombrio, enigmático e solitário, ele se mantinha distante de seus seguidores tanto em espírito quanto em substância.

O trabalho da noite ainda não estava terminado, pois não foi para destruir os peles-vermelhas que ele havia saído. Eles eram apenas as abelhas a serem esfumaçadas, para que ele pudesse pegar o mel. Era Pan quem ele queria. Pan, Wendy e seu bando, mas principalmente Pan.

Peter Pan

Peter era um menino tão pequeno que alguém deve se perguntar por que tanto ódio desse homem por ele. É verdade que ele tinha jogado o braço de Gancho para o crocodilo, mas mesmo isso e a crescente insegurança da vida que ele levava, devido à obstinação do crocodilo, dificilmente explicariam uma desforra tão implacável e maligna. A verdade é que havia algo em Peter que levava o capitão pirata à loucura. Não era sua coragem, nem sua aparência envolvente, nada disso. Não adianta tapar o sol com a peneira, pois sabemos muito bem o que era e vamos ter que contar. Era a arrogância de Peter.

Isso tocava os nervos de Gancho, fazia sua garra de ferro se retorcer e, à noite, incomodava-o mais do que um mosquito. Enquanto Peter vivesse, esse homem torturado sentia que era um leão enjaulado na gaiola de um pardal.

A questão agora era como descer pelas árvores ou como colocar seus asseclas na casa lá embaixo. Ele percorreu seus olhos gananciosos sobre eles, procurando os mais magros. Eles se retorciam constrangidos, pois sabiam que ele não teria escrúpulos em cutucá-los com varas.

Enquanto isso, o que os garotos faziam? Nós os vimos ao primeiro retinir das armas, transformados em figuras de pedra, boquiabertos, todos apelando de braços estendidos para o Peter. Agora voltamos para eles, de bocas fechadas e com os braços caídos para os lados. O pandemônio acima cessou quase tão subitamente quanto surgiu, passando como uma forte rajada de vento. Mas eles sabiam que durante essa passagem o destino deles havia sido selado.

– Que lado venceu?

Os piratas, escutando avidamente na entrada das árvores, ouviram a pergunta dos garotos e, infelizmente, também ouviram a resposta do Peter.

– Se os peles-vermelhas venceram – ele disse –, vão bater o tambor. Esse é sempre o sinal de vitória deles.

Ora, o Smee encontrou o tambor e naquele momento estava sentado nele.

– Vocês nunca mais ouvirão o tambor de novo – ele murmurou, mas de maneira inaudível, é claro, porque eles tinham sido mandados ficar no mais estrito silêncio.

Para surpresa dele, Gancho fez um sinal para que ele batesse o tambor. Lentamente, Smee chegou à compreensão da perversa maldade da ordem. Nunca, provavelmente, esse homem simples admirou tanto o Gancho.

Duas vezes Smee bateu no instrumento e parou para escutar com satisfação.

– O tambor! – os malfeitores ouviram Peter exclamar. – Vitória dos índios!

As crianças condenadas responderam com uma alegria que era música para os corações sombrios em cima, e quase imediatamente elas se despediram de Peter. Isso intrigou os piratas, mas todos os seus outros sentimentos foram engolidos pelo deleite desprezível de que os inimigos estavam prestes a subir pelas árvores. Eles sorriram uns para os outros e esfregaram as mãos. Rapidamente e em silêncio, Gancho deu suas ordens: um homem para cada árvore e os outros se organizando em uma fila a dois metros de distância.

Você acredita em fadas?

Quanto mais rapidamente esse horror terminasse, melhor. O primeiro a emergir de sua árvore foi o Curly. Ele saiu de lá para os braços de Cecco, que o passou para Smee, que o passou para Starkey, que o passou para Bill Jukes, que o passou para Noodler, e então ele foi passando de um para o outro até cair no chão aos pés do pirata sombrio. Todos os meninos foram arrancados de suas árvores dessa maneira implacável e vários deles circulavam no ar de cada vez, como fardos de mercadorias passando de mão em mão.

Um tratamento diferente foi concedido a Wendy, que saiu por último. Com uma polidez irônica, Gancho levantou o chapéu para ela e, oferecendo-lhe o braço, acompanhou-a até o local onde os outros estavam sendo amordaçados. Ele fez isso com tanta imponência e se mostrou tão assustadoramente bem-educado, que ela ficou fascinada demais para gritar. Ela era apenas uma garotinha.

Talvez seja revelador divulgarmos que, por um momento, Gancho a seduziu. Contamos a respeito dela apenas porque esse deslize levou a resultados estranhos. Se tivesse segurado na mão dele com indiferença (algo que gostaríamos de ter descrito), ela teria sido passada no ar como as outras crianças e então Gancho provavelmente não estaria presente na amarração das crianças. E, se ele não tivesse participado disso, não teria descoberto o segredo de Slightly. E, sem esse segredo, ele não poderia ter cometido seu louco atentado contra a vida de Peter.

Eles haviam sido amarrados para evitar que voassem para longe, com os joelhos dobrados perto dos ouvidos. Para amarrá-los, o pirata sombrio havia cortado uma corda em nove partes iguais. Tudo correu bem até chegar a vez do Slightly, quando se descobriu que ele era como aqueles pacotes irritantes que usam toda a corda em volta e não deixam pontas com as quais se possa dar um nó. Os piratas o chutaram com raiva, assim como se chuta um pacote (embora, para ser justo, eles devessem chutar a corda). E é até estranho constatar que foi o Gancho quem lhes disse para que contivessem a violência. Ele estava de beiço caído com o triunfo malicioso. Enquanto seus asseclas suavam dando duro, porque toda vez que tentavam prender o garoto infeliz de um lado ele se soltava de outro, a mente magistral de Gancho tinha ido muito abaixo da superfície do Slightly, sondando não pelos efeitos, mas pelas causas. E sua exultação mostrava que ele havia encontrado a resposta. Slightly, tão branco quanto os ossos, percebeu que Gancho havia descoberto seu segredo, que era o seguinte: nenhum garoto tão inchado poderia usar uma árvore onde um homem comum ficaria entalado. O pobre Slightly, o mais desgraçado de todos os garotos até então, pois estava em pânico pelo Peter, lamentava amargamente o que fizera. Loucamente viciado em beber água quando estava com calor, a sua cintura normal inchava em consequência disso e, em vez de se conter para caber em sua árvore, ele, sem o conhecimento dos outros, recortou sua árvore para caber nela.

Satisfeito com isso, Gancho imaginou persuadi-lo de que Peter finalmente estava à sua mercê. Mas nenhuma palavra do plano sombrio que agora se formava nas cavernas subterrâneas de sua mente cruzou seus lábios. Ele apenas sinalizou que os cativos deveriam ser transportados para o navio e que ele ficaria sozinho.

Mas como transportá-los? Embrulhados em suas cordas, eles podiam, de fato, ser rolados morro abaixo como barris, mas a maior parte do caminho passava por um pântano. Mais uma vez o gênio de Gancho superou as dificuldades. Ele indicou que a pequena casa deveria ser usada como transporte. As crianças foram arremessadas dentro dela, quatro piratas robustos ergueram-na nos ombros, os outros seguiram atrás e, cantando o odioso coro dos piratas, eles partiram como uma estranha procissão pela floresta. Não sei se alguma das crianças chorava. Se assim fosse, a cantoria abafava o som. Mas, quando a pequena casa desapareceu na floresta, uma coluna de fumaça corajosa, embora minúscula, saiu de sua chaminé, como se desafiasse o Gancho.

Gancho percebeu, e tal desafio prestou um mau serviço para o Peter, secando qualquer piedade que pudesse restar no peito enfurecido do pirata.

A primeira coisa que ele fez, ao se ver sozinho enquanto a noite caía rapidamente, foi caminhar na ponta dos pés até a árvore do Slightly para certificar-se de que o local lhe permitia passagem. Então, ele permaneceu ali matutando por um bom tempo, com seu chapéu de maus presságios na relva, de modo que qualquer brisa suave que soprasse pudesse brincar refrescantemente com seus cabelos. Sombrio como seus pensamentos, seus olhos azuis eram tão suaves quanto a murta. Atentamente ele ouvia qualquer som do mundo inferior, mas tudo estava tão silencioso quanto em cima. A casa embaixo da terra não parecia ser mais do que um aposento abandonado e vazio. Será que aquele menino estava dormindo, ou esperava de tocaia ao pé da árvore do Slightly, com a adaga na mão?

Não havia como saber, a não ser descendo. Gancho deixou seu capote deslizar suavemente até o chão. Em seguida, mordeu os lábios até sangrar e entrou na árvore. Ele era um homem corajoso, mas por um momento teve que parar e enxugar a testa, que pingava como vela derretendo. Então, silenciosamente, ele se deixou partir para o desconhecido.

Chegou sem ser molestado ao pé do poço e ficou ali parado novamente, tentando controlar a respiração, que quase o abandonara. Quando seus olhos se acostumaram à fraca claridade, vários objetos do lar sob as árvores tomaram forma. Mas a única coisa sobre a qual seu olhar ganancioso descansou, depois de procurar por muito tempo até encontrar, foi a grande cama. Na cama estava Peter, dormindo profundamente.

Inconsciente da tragédia encenada lá em cima, Peter continuou, por algum tempo depois que as crianças saíram, a brincar alegremente com sua flauta, sem dúvida em uma tentativa desesperada de provar a si mesmo que ele não se importava. Então, decidiu não tomar o remédio, para entristecer Wendy; e deitou-se na cama em cima da colcha, para irritá-la ainda mais, pois ela sempre o colocava debaixo das cobertas (porque você nunca sabe se vai esfriar na virada da noite). Depois, ele quase chorou, mas ocorreu-lhe que ela ficaria muito indignada se ele risse. Portanto, ele deu uma gargalhada arrogante e adormeceu nesse meio-tempo.

Às vezes, embora não muitas vezes, ele tinha sonhos, que eram mais dolorosos do que os sonhos dos outros garotos. Durante horas ele não podia se separar desses sonhos, embora se lamentasse penosamente neles. Eles tinham a ver, eu acho, com o enigma de sua existência. Nesses momentos, Wendy tinha o costume de tirá-lo da cama e sentar-se com ele no colo, consolando-o com carinhos de sua própria invenção para,

James M. Barrie

quando ele se acalmasse, colocá-lo de volta na cama antes de ele acordar, já que ele não deveria saber da indignidade a que ela o havia submetido. Mas, dessa vez, ele caiu imediatamente em um sono profundo e sem sonhos. Um braço pendia sobre a beira da cama, uma perna estava dobrada e a parte inacabada de sua risada ficou encalhada em sua boca, que permaneceu aberta, mostrando suas pequeninas pérolas.

Assim, Gancho o encontrou: indefeso. Ele permanecia em silêncio ao pé da árvore, olhando para o inimigo dentro do aposento. Será que nenhum sentimento de compaixão perturbava seu peito sombrio? O homem não era totalmente malvado. Ele gostava de flores (pelo que me disseram) e de música suave (ele próprio não era ruim no cravo). E, eu admito francamente, a natureza idílica da cena o deixou profundamente consternado. Dominado pelo melhor de seu ser, ele teria retornado relutante à árvore, não fosse por uma coisa.

O que o reteve foi a aparência impertinente de Peter enquanto dormia. A boca aberta, o braço caído e o joelho dobrado eram a personificação da arrogância, de modo que, considerando o conjunto, nunca mais ninguém poderia desejar que voltasse a se apresentar a seus olhos uma cena tão ofensiva à sensibilidade de qualquer pessoa. Essa visão açoitava o coração de Gancho. Se sua raiva o tivesse quebrado em cem pedaços, cada um deles teria ignorado o incidente e saltado sobre o dorminhoco.

Embora a claridade da única lamparina brilhasse fracamente sobre a cama, Gancho também estava na escuridão e, no primeiro passo furtivo, descobriu um obstáculo: a porta da árvore do Slightly. Ela não preenchia totalmente a abertura e ele estivera olhando por cima dela. Sentindo o trinco, ele descobriu para sua fúria que ficava muito embaixo, fora de seu alcance. Para seu cérebro desorientado, parecia então que as características irritantes no rosto e na figura de Peter aumentavam visivelmente. Então, ele sacudiu e tentou forçar a porta. Será que seu inimigo escaparia dele depois de tudo?

Mas o que era aquilo? Seu olhar vermelho, injetado de sangue, avistou o remédio de Peter guardado numa beirada de fácil acesso. Ele instantaneamente entendeu o que era e soube que o dorminhoco estava em seu poder.

Para evitar que fosse aprisionado vivo, Gancho sempre carregava consigo uma droga terrível, preparada por ele mesmo com todos os anéis letais de que já havia se apossado. Estes foram fervidos e se fundiram em um líquido amarelo viscoso desconhecido da ciência, mas que provavelmente seria o veneno mais virulento que já existiu.

Ele adicionou cinco gotas disso ao remédio do Peter. Sua mão tremia, mas desta vez de exultação e não de vergonha. Ao fazê-lo, ele evitava olhar para o dorminhoco, não para que a piedade não o amolecesse, mas meramente para evitar algum derramamento da substância. Então, após um derradeiro longo olhar de vanglória que ele lançou sobre sua vítima, virou-se e rastejou com dificuldade para subir pela árvore. Quando emergiu no topo, ele parecia o próprio espírito do mal saindo de seu covil. Ajeitando o chapéu no ângulo mais atraente, ele recolocou o capote sobre si, segurando uma das pontas na frente, como se quisesse esconder sua pessoa da noite, da qual ele era a parte mais sombria. Assim, murmurando estranhamente consigo mesmo, ele sumiu no meio das árvores.

Peter dormia. A vela da lamparina derreteu e apagou, deixando o aposento na mais completa escuridão. Mas, ainda assim, ele dormia. Devia ter dado pelo menos dez horas pelo crocodilo, quando de repente ele sentou-se em sua cama, tendo sido acordado por algo que ele não sabia o que era: uma suave e cautelosa batida na porta de sua árvore.

Suave e cautelosa, mas naquela quietude, era sinistra. Peter procurou sentir sua adaga até que sua mão a segurou. Então ele falou:

– Quem é?

Por um bom tempo não houve resposta. Então, novamente a batida.

– Quem é você?

Nenhuma resposta.

Ele ficou agitado e adorou ficar agitado. Em dois passos, alcançou a porta. Ao contrário da porta do Slightly, essa preenchia a abertura, de modo que ele não podia ver além dela, nem a pessoa que estava batendo podia vê-lo.

– Não vou abrir a menos que você fale – Peter gritou.

Então, finalmente, o visitante falou, com uma bela voz de sino.

– Deixe-me entrar, Peter.

Era a Sininho, e rapidamente ele destrancou a porta. Ela entrou voando animadamente, com o rosto enrubescido e o vestido manchado de lama.

– O que foi?

– Oh! Você jamais poderia imaginar! – ela exclamou e ofereceu-lhe três opções.

– Pare com isso! – ele gritou.

Então, com uma sentença não gramatical, como aquelas fitas que os feiticeiros puxam de suas bocas, ela contou sobre a captura da Wendy e dos garotos.

O coração de Peter batia forte enquanto ele ouvia. Wendy amarrada no navio pirata! Ela, que amava todas as coisas, terminar assim…

– Eu vou resgatá-la! – ele gritou, saltando em busca de suas armas.

Ao saltar, pensou em algo que pudesse fazer para agradá-la: ele poderia tomar o remédio.

Sua mão se fechou para pegar o frasco fatal.

– Não! – gritou Sininho, que ouvira Gancho murmurar sobre sua ação enquanto corria pela floresta.

– Por que não?

– Está envenenado.

– Envenenado? Quem poderia ter envenenado isso?

– O Gancho.

– Não seja boba. Como o Gancho poderia ter descido aqui?

Infelizmente, Sininho não sabia como explicar isso, pois não conhecia o segredo sombrio da árvore do Slightly. No entanto, as palavras de Gancho não deixavam margem para dúvidas. O frasco estava envenenado.

– Além disso – disse Peter, acreditando bastante em si –, eu nunca adormeço.

Ele pegou o frasco. Não havia tempo para conversas. Era tempo de agir e com um de seus movimentos relâmpago Sininho ficou entre os lábios dele e o frasco, engolindo até a última gota.

– Por que isso, Sininho, como ousa tomar o meu remédio?

Mas ela não respondeu, já estava cambaleando no ar.

– O que há com você? – Peter espantou-se, de repente.

– Estava com veneno, Peter – ela disse suavemente. – Logo estarei morta.

– Oh! Sininho, você tomou para me salvar?

– Sim.

– Mas por que, Sininho?

Suas asas quase não a sustentavam no ar agora. Em resposta, ela pousou no ombro dele e deu uma mordida amorosa em seu nariz.

– Seu boboca! – ela sussurrou no ouvido do Peter.

Então, foi cambaleando até seu quarto e deitou-se na cama.

A cabeça dele quase encheu a quarta parede do pequeno quarto dela quando ele se ajoelhou ali aflito. A cada momento a luz de Sininho ficava mais fraca ali que, se apagasse, ela não existiria mais. Ela gostou tanto das lágrimas dele, que esticou o belo dedo, deixando-as passar por cima de si.

A voz dela ficou tão fraca de si e, pela primeira vez, ele não conseguiu entender o que ela dizia. Mas, ele insistiu. Ela dizia que achava que poderia ficar boa de novo se crianças dissessem que acreditavam em fadas.

Peter abriu os braços. Não havia crianças lá e era noite. Então, ele se dirigiu a todas as crianças que talvez estivessem sonhando com a Terra do Nunca e que, portanto, estariam mais próximas dele do que você pode imaginar: meninos e meninas em suas roupas de dormir e bebês índios nus em seus cestos pendurados em árvores.

– Vocês acreditam? – ele gritou.

Sininho sentou na cama quase bruscamente para ouvir seu destino.

Ela imaginou ter ouvido respostas afirmativas. Mas não teve certeza.

– O que você acha? – ela perguntou ao Peter.

– Se vocês acreditam, então batam palmas. Não deixem a Sininho morrer – ele gritou.

Muitas crianças aplaudiram.

Algumas não.

Alguns filhotes de animais assobiaram.

As palmas pararam repentinamente, como se incontáveis mães tivessem corrido para os quartos de seus filhos para verem o que estava acontecendo na Terra. Mas Sininho já estava salva. Primeiro a voz dela ficou mais forte, e ela saiu da cama, depois ela estava reluzindo pelo salão mais feliz e despudorada do que nunca. Ela jamais pensou em agradecer que acreditavam, mas teria gostado de se aproximar dos que haviam assobiado.

– E, agora, vamos resgatar a Wendy!

A lua estava cavalgando num céu nublado quando Peter surgiu de sua árvore, espreitando com suas armas e vestindo quase nada para iniciar sua perigosa busca. Não era uma noite como a que ele teria escolhido. Ele esperava voar, mantendo-se não longe do chão, para que nada de estranho pudesse escapar de seus olhos. Mas, com aquela claridade incerta, voar baixo significaria arrastar sua sombra nas árvores, incomodando assim os pássaros e alertando o inimigo vigilante de que estaria a caminho.

Naquele momento ele se arrependeu de ter dado aos pássaros da ilha nomes tão estranhos, que eles se tornaram muito selvagens e difíceis de serem abordados.

Não havia outra solução senão seguir em frente à moda dos vermes, da qual felizmente ele era um especialista. Mas em qual direção? Porque ele não podia ter certeza de que as crianças haviam sido levadas para o navio. Uma leve queda de neve havia destruído todas as pegadas e um silêncio mortal tomou conta da ilha, como se naquele espaço a Natureza ainda permanecesse horrorizada pela recente carnificina. Ele havia ensinado às crianças alguma coisa sobre o conhecimento da floresta, que aprendera com Tiger Lily e Sininho e que ele sabia que na hora do medo provavelmente elas não esqueceriam. Slightly, se tivesse oportunidade, marcaria as árvores, por exemplo, Curly deixaria cair sementes e Wendy deixaria seu lenço em algum lugar importante. Mas o amanhecer seria necessário para procurar tal orientação, e ele não podia esperar. O mundo superior o chamara, mas não mandaria nenhuma ajuda.

PETER PAN

O crocodilo passou por ele, mas sem a companhia de nenhum outro ser vivo, sem nenhum barulho, nenhum movimento. E, ainda assim, ele sabia muito bem que a morte repentina poderia estar na próxima árvore, ou atingi-lo pelas costas.

Então, ele fez este terrível juramento: – Dessa vez, o Gancho ou eu!

Agora ele rastejava para frente como uma cobra. Depois, novamente em pé, ele disparou por um espaço onde o luar se abriu, com um dedo nos lábios e a adaga à mão, pronta para ser usada. Ele estava terrivelmente feliz.

O NAVIO DOS PIRATAS

Uma luz verde piscando no riacho do Capitão Kidd, que fica perto da foz do Rio dos Piratas, marcava o local onde o brigue, o *Jolly Roger*, estava ancorado baixo na linha d'água. Era uma embarcação de aparência desmazelada, com o casco imundo, cada viga em seu piso de aspecto detestável coberta de penas arrancadas. Esse navio era o canibal dos mares e quase não precisava ser vigiado, pois navegava impune, graças ao horror de seu nome.

Estava envolto no cobertor da noite, por meio do qual barulho algum dele poderia chegar à praia. Havia poucos sons a bordo, mas nenhum agradável, exceto o zumbido da máquina de costura do navio, na qual Smee trabalhava, sempre diligente e complacente. Smee era a essência do patético e da vulgaridade. Não sei por que ele era tão patético. Talvez fosse porque ele era pateticamente inconsciente disso, já que até homens fortes se viravam depressa depois de olharem para ele. E, mais de uma vez, nas noites de verão, ele havia tocado e feito fluir o manancial de lágrimas de Gancho. Disso, como de quase todo o resto, aliás, Smee não tinha a menor consciência.

Alguns piratas se inclinavam sobre as amuradas, bebendo no meio da maresia noturna. Outros, esparramados pelos barris, jogavam dados e cartas. E os quatro exaustos que haviam carregado a casinha estavam deitados no convés, onde, mesmo dormindo, rolavam habilmente de um lado para o outro, fora do alcance de Gancho, para que ele não os arranhasse acidentalmente ao passar.

Gancho circulava pelo convés pensativo. Mas, que homem insondável! Era o seu momento de triunfo. Peter havia sido afastado para sempre do caminho dele e todos os outros garotos estavam no brigue, prestes a andarem na prancha. Seria sua ação mais sinistra desde os dias em que ele colocou Barbecue a seus pés. E sabendo, como de fato sabemos, quão vaidoso era esse homem, por que haveríamos de nos surpreender se ele agora andasse de um lado para o outro distraído, embalado nos ventos de seu sucesso?

Peter Pan

Mas não havia nenhuma satisfação nessa caminhada, que seguia o andamento de sua mente sombria. Gancho estava profundamente deprimido.

Ele ficava frequentemente assim quando estava mancomunando consigo mesmo a bordo do navio na quietude da noite. Isso acontecia porque ele era terrivelmente solitário. Esse homem inescrutável nunca se sentia tão sozinho como quando estava cercado por seus asseclas, que eram socialmente inferiores a ele.

Gancho não era o verdadeiro nome dele. Revelar quem ele realmente era, mesmo nessa época, deixaria o país em polvorosa. Mas como aqueles que leem nas entrelinhas já devem ter adivinhado, ele havia estudado em uma famosa escola da elite e suas tradições ainda se agarravam a ele como peças de seu vestuário, com as quais, na verdade, estavam amplamente relacionadas. Por exemplo, mesmo agora, para ele era falta de educação embarcar num navio com o mesmo traje com que o atacara. E ele ainda exibia em sua caminhada o estilo distinto da escola. Mas, acima de tudo, ele manteve a paixão pelas boas maneiras.

Ah, as boas maneiras! Por mais que tivesse se degenerado, ele ainda sabia que isso era tudo o que realmente importava.

A distância ele ouvia um rangido de dobradiças enferrujadas, com um insistente toque-toque-toque, parecido com as marteladas que alguém escuta à noite quando não consegue dormir.

– Você teve boas maneiras hoje? – era a eterna questão que o atormentava.

– Fama, fama, essa baboseira gloriosa, isso eu tenho – ele gritou.

– Será que se distinguir em tudo é ter boas maneiras? – o toque-toque de sua escola respondeu.

– Eu sou o único homem que o Barbecue temia! – ele alegou. – E Flint temia *Barbecue.*

– Barbecue, Flint... De que família eles são? – foi a réplica mordaz.

Mas a reflexão mais inquietante de todas era: será que não era ter boas maneiras pensar sobre ter boas maneiras?

Seus sinais vitais estavam sendo torturados por esse problema. Era uma garra dentro dele mais afiada que a de ferro e quando o rasgava, o suor escorria por seu semblante de cera e manchava seu colete.

Muitas vezes ele passava a manga pelo rosto, mas não enxugava esse gotejamento.

Ah! Não inveje Gancho.

Veio a ele o pressentimento de sua prematura dissolução. Era como se o terrível juramento do Peter tivesse embarcado no navio. Gancho sentia o sombrio desejo de preparar seu discurso de morte, pois, em breve, talvez não tivesse tempo para fazer isso.

– Teria sido melhor para o Gancho – gritava – se ele tivesse menos ambição!

Só nas horas mais sombrias ele se referia a si mesmo na terceira pessoa.

– Nada de criancinhas que me amem!

Era estranho que ele pensasse nisso, algo que nunca o incomodara antes. Talvez a máquina de costura tivesse levado o assunto à mente dele. Por muito tempo ele murmurou para si mesmo, olhando para Smee, que estava placidamente boquiaberto, com a convicção de que todas as crianças o temiam.

Elas o temiam! Elas temiam o Smee! Não havia nenhuma criança a bordo do brigue naquela noite que ainda gostasse dele. Ele havia dito coisas horríveis a elas, havia dado palmadas na mão delas, porque não podia bater nelas com os punhos, mas elas só tinham se apegado ainda mais a ele. Miguel chegou a experimentar seus óculos!

Ter que dizer ao pobre Smee que elas o achavam adorável! Gancho se coçava todo para poder fazer isso, mas parecia algo brutal demais. Em vez disso, ele revirou esse mistério em sua mente: por que achavam o Smee adorável? Ele perseguia o problema como o cão de caça que era. Se o Smee era adorável, o que o fazia ser assim? Uma resposta terrível de repente se apresentou a ele: boas maneiras...

Será que o seu imediato tinha boas maneiras e não sabia disso? E essa não é a melhor maneira de se ter boas maneiras?

Ele se lembrou de que é preciso provar que não sabe que tem, antes que possa pleitear a sua entrada num clube seleto como o Pop.

Com um grito de raiva, ele ergueu a mão de ferro sobre a cabeça do Smee. Mas não o rasgou. O que o prendeu foi esta reflexão: "Rasgar um homem seria ter boas maneiras? Não, seria não ter boas maneiras!".

PETER PAN

O infeliz Gancho sentia-se tão impotente quanto suado e tombou para frente como uma flor cortada.

Seus asseclas, percebendo que ele estaria fora do caminho por um tempo, imediatamente relaxaram a disciplina, caíram na dança e na bebedeira, o que o pôs de pé novamente, com todos os vestígios de fraqueza humana afastados, como se um balde de água fria tivesse sido jogado nele.

– Quietos, seus escaravelhos – ele gritou – ou eu lançarei a âncora em vocês.

Imediatamente a baderna foi silenciada.

– Todas as crianças estão acorrentadas, para que não possam voar?

– Sim, sim.

– Então, tragam-nas para cima.

Os infelizes prisioneiros foram arrastados do porão, todos menos Wendy, e colocados em fila diante do Capitão. Por algum tempo ele pareceu inconsciente da presença deles. Ele se refestelou à vontade, cantarolando, não sem ser melodioso, trechos de uma música rude, manuseando um baralho de cartas. Sempre e a toda hora, a brasa de seu charuto dava um toque corado ao seu rosto.

– Pois bem, valentões! – ele disse entusiasmado. – Seis de vocês vão caminhar na prancha hoje à noite, mas eu tenho espaço para dois meninos de cabine. Qual de vocês quer ser camareiro?

– Não o irritem desnecessariamente – tinham sido as instruções da Wendy no porão. Então, Tootles deu um passo à frente, educadamente. Tootles detestava a ideia de servir sob tal homem, mas um instinto lhe dizia que seria prudente atribuir a responsabilidade a uma pessoa ausente. E, apesar de ser um garoto um pouco bobo, ele sabia que só as mães estão sempre dispostas a serem saco de pancadas. Todas as crianças sabem disso sobre as mães e as desprezam por isso, mas fazem uso constante disso.

Então, Tootles explicou com prudência.

– Veja bem, senhor, eu não acho que a minha mãe gostaria que eu fosse pirata. A sua mãe gostaria que você fosse pirata, Slightly?

E piscou para o Slightly, que respondeu entristecido, como se desejasse que as coisas pudessem ter sido de outra forma:

– Acho que não!

– A sua mãe gostaria que você fosse pirata, gêmeo?

– Acho que não! – respondeu o primeiro gêmeo, tão inteligente quanto o outro.

– Nibs, a sua…

– Pare com esse papo-furado – urrou Gancho e os porta-vozes foram arrastados de volta. – Você, garoto! – ele disse, dirigindo-se ao João. – Parece que havia um pouco de coragem dentro de você. Nunca quis ser pirata, meu jovem?

Bem, João já tinha experimentado desejos ardentes por matemática, exames preparatórios, mas ficou lisonjeado por Gancho tê-lo escolhido.

– Uma vez pensei em me chamar de Jack Flagrant – ele revelou, timidamente.

– É um bom nome também. Vamos chamá-lo assim aqui, valentão, se você se juntar a nós.

– O que acha, Miguel? – João perguntou.

– Como você me chamaria se eu me juntasse? – Miguel indagou.

– Joe Blackbeard.

Miguel ficou naturalmente impressionado.

– O que acha, João? – ele queria que João decidisse e João queria que ele decidisse.

– Ainda seremos respeitosos súditos do rei? – João perguntou.

Gancho deu a resposta, entredentes.

– Você teria que jurar: "Abaixo o rei".

Talvez João não tivesse se comportado muito bem até então, mas ele brilhou nessa hora.

– Então, eu recuso – ele gritou, batendo no barril na frente do Gancho.

– Eu também recuso! – Miguel exclamou.

– Britânia soberana! – Curly gritou.

Os piratas enfurecidos os fustigaram a boca e Gancho berrou:

– Isso selou a desgraça de vocês. Tragam a mãe deles. Preparem a prancha.

Peter Pan

Eles eram apenas garotos e empalideceram ao verem Jukes e Cecco preparando a prancha fatal. Mas tentaram parecer corajosos quando Wendy foi trazida.

Nenhuma palavra minha poderá lhe dizer como Wendy desprezava aqueles piratas. Para os meninos, havia algum *glamour* no chamado dos piratas. Mas tudo o que ela reparou é que o navio não era arrumado há anos. Não havia nenhuma escotilha em que você não pudesse escrever com o dedo "porco imundo" no vidro encardido, e ela já havia escrito isso várias vezes. Mas quando os garotos se reuniram ao seu redor, Wendy não pensava em outra coisa, claro, senão salvá-los.

– Então, minha belezura... – disse Gancho, como se tivesse tomado xarope. – Você verá os seus filhos andando na prancha.

Por mais fino cavalheiro que ele fosse, ao exagerar nessa conversa íntima ele babou, sujando sua gola; e notou que ela havia percebido. Com um gesto apressado, ele tentou disfarçar, mas era tarde demais.

– Eles vão morrer? – Wendy perguntou, com um olhar de desprezo tão espantoso, que ele quase desmaiou.

– Eles vão! – ele rosnou. – Silêncio, todos. Vamos ouvir as últimas palavras de uma mãe para seus filhos – ordenou.

Nesse momento, Wendy mostrou grandeza.

– Estas são as minhas últimas palavras, queridos meninos – ela disse com firmeza. – Eu sinto que tenho para vocês uma mensagem de suas mães verdadeiras, que é a seguinte: "Nós esperamos que os nossos filhos morram como cavalheiros ingleses".

Até os piratas ficaram impressionados.

– Eu vou fazer o que a minha mãe espera de mim. O que você vai fazer, Nibs? – Tootles gritou histericamente.

– Eu vou fazer o que a minha mãe espera de mim. O que você vai fazer, gêmeo?

– O que minha mãe espera de mim. João, o que você...

Mas Gancho recuperou mais uma vez sua voz de comando.

– Amarrem-na! – ele gritou.

Foi Smee quem a amarrou no mastro.

– Veja bem, querida... – ele cochichou. – Eu vou te salvar se você prometer ser minha mãe.

Mas nem mesmo para Smee ela faria tal promessa.

– Eu preferiria não ter filho nenhum – ela disse com desdém.

É triste saber que nenhum menino estava olhando para ela enquanto Smee a amarrava no mastro. Os olhos de todos estavam voltados para a prancha, para aquela última pequena caminhada que eles estavam prestes a fazer. Já não era de se esperar que eles fossem capazes de andar com coragem, pois a capacidade de pensar tinha desparecido. Eles apenas podiam olhar e tremer.

Gancho sorriu para eles com os dentes cerrados e deu um passo em direção a Wendy. Sua intenção era virar o rosto dela, para que ela pudesse ver os meninos andando na prancha, um por um. Mas ele jamais chegaria a ela, jamais ouviria o grito de angústia que esperava arrancar dela. Em vez disso, ele ouviu outra coisa: o terrível tique-taque do crocodilo.

Todos ouviram isso, os piratas, os garotos, a Wendy e, imediatamente, todas as cabeças viraram para só uma direção, não para a água, de onde o som procedia, mas para Gancho. Todos sabiam que o que estava prestes a acontecer só interessava a ele e que, de atores, de repente eles se tornaram espectadores.

Foi muito assustador ver a mudança que sobreveio nele. Era como se ele tivesse sido moído em cada junta. Ele desmoronou como um saco de batatas furado.

O som estava cada vez mais próximo e antes dele chegava este pensamento apavorante: "O crocodilo está prestes a embarcar no navio!".

Até a garra de ferro ficou inativa, como se soubesse que não era uma parte intrínseca daquilo que a força atacante queria. Abandonado sozinho com tanto medo, qualquer outro homem teria ficado de olhos fechados onde caíra. Mas o cérebro monstruoso de Gancho ainda funcionava, e sob sua orientação ele rastejou de joelhos ao longo do convés, para o local mais longe possível do som. Os piratas respeitosamente abriram passagem e foi só quando tocou nas amuradas que ele falou.

– Escondam-me! – ele gritou rispidamente.

PETER PAN

Eles se reuniram em volta do Capitão. Todos os olhares se desviaram da coisa que estava subindo a bordo. Ninguém pensava em lutar contra isso. Era o destino.

Assim que Gancho foi escondido, a curiosidade afrouxou os membros dos garotos para que eles pudessem correr para o outro lado do navio e ver o crocodilo subindo. Foi quando tiveram a mais estranha surpresa dessa Noite das Noites, pois não era nenhum crocodilo que vinha socorrê-los. Era o Peter.

Ele sinalizou para que eles não dessem vazão a qualquer grito de admiração que pudesse despertar suspeitas. Então, ele chegou tiquetaqueando.

"Desta vez, o Gancho ou eu!"

Coisas estranhas acontecem a todos nós em nosso caminho pela vida sem que a gente perceba na época em que elas aconteceram. Assim, para dar um exemplo, de repente descobrimos que estamos surdos de um ouvido, o que não sabemos há muito tempo, mas, talvez, meia hora. Essa experiência havia chegado naquela noite ao Peter. Quando nós o vimos pela última vez, ele estava rondando a ilha com um dedo nos lábios e a adaga pronta. Ele tinha visto o crocodilo passar sem perceber nada de peculiar nisso, mas depois se lembrou de que o animal não estava tiquetaqueando. No começo, achou isso estranho, mas logo concluiu corretamente que o relógio havia parado.

Sem pensar em quais poderiam ser os sentimentos de uma criatura tão abruptamente privada de seu companheiro mais íntimo, Peter começou a refletir como poderia transformar a catástrofe em seu próprio benefício. E, assim, decidiu tiquetaquear, para que os animais selvagens acreditassem que ele fosse o crocodilo e o deixassem passar sem ser molestado. Ele tiquetaqueava soberbamente, mas com um resultado imprevisto. O crocodilo estava entre os que ouviram o som. E ele o seguiu, embora se fosse com o propósito de recuperar o que havia perdido, ou simplesmente como um amigo, sob a crença de que ele próprio estava novamente tiquetaqueando (certamente isso jamais será conhecido, pois como todos os escravos de uma ideia fixa, tratava-se de uma fera estúpida).

Peter chegou à ribanceira sem nenhum contratempo e seguiu em frente, com as pernas encontrando a água como se não soubessem que haviam entrado em um novo elemento. Assim muitos animais passam da terra para a água, mas nenhum outro ser humano que eu conheça. Enquanto nadava, ele tinha apenas um pensamento: "Desta vez, o Gancho ou eu!". Ele havia tiquetaqueado por tanto tempo, que agora tiquetaqueava sem perceber que estava fazendo isso. Se percebesse, teria parado, pois a ideia de embarcar no brigue com a ajuda do tique-taque, apesar de ser engenhosa, não lhe ocorrera.

PETER PAN

Muito pelo contrário, ele achava que tinha escalado a lateral da embarcação tão silencioso como um rato. Ficou surpreso ao ver os piratas se esconderem dele, com o Gancho no meio de todos, tão acuado como se tivesse escutado o crocodilo.

Ah, o crocodilo! Assim que se lembrou, Peter ouviu o tique-taque. A princípio, achou que o som vinha do crocodilo e olhou para trás rapidamente. Então, percebeu que estava fazendo isso sozinho e, num piscar de olhos, entendeu a situação. "Como eu sou esperto!" – ele pensou imediatamente e sinalizou para os meninos que não explodissem em aplausos.

Foi nesse momento que Ed Teynte, o contramestre, surgiu do castelo de proa, indo para o convés. Agora, caro leitor, cronometre o que aconteceu em seu relógio. Peter bateu firme e forte. João tapou a boca do pirata malfadado com a mão, para abafar o gemido agonizante. Ele caiu para frente. Quatro garotos o seguraram para evitar o baque. Peter deu o sinal e a carniça foi lançada ao mar. Houve uma pancada na água e depois silêncio. Demorou muito?

– Um a menos! – Slightly começou a contar.

Sem perder tempo, Peter, seguindo cada centímetro na ponta dos pés, desapareceu dentro da cabine, pois mais de um pirata estava conjurando a coragem para olhar em volta. Eles já podiam ouvir a respiração angustiada uns dos outros, o que mostrava que o som mais terrível havia passado.

– Ele foi embora, capitão – disse Smee, limpando os óculos. – Tudo continua como antes.

Lentamente, Gancho fez a cabeça sair da gola, prestando tanta atenção, que teria captado até o eco do tique-taque. Não ouviu nenhum som e por fim se aprumou com firmeza em toda a sua estatura.

– Então, essa vai para o João Prancha! – ele exclamou descaradamente, levando os garotos a odiá-lo mais do que nunca porque eles o tinham visto se rebaixar.

Ele começou a cantarolar a infame cantiga:
"*Yo ho, yo ho*, na divertida prancha,
Ao longo dela você vai caminhar,
Até que ela desça e então você cairá
E lá embaixo com o Davy Jones você ficará!".

James M. Barrie

Para aterrorizar ainda mais os prisioneiros, embora já sem tanta dignidade, ele dançou ao longo de uma prancha imaginária, fazendo caretas enquanto cantava.

– Vocês não vão querer um toque do "gato" antes de andarem na prancha? – ele gritou, afinal.

Então eles caíram de joelhos. O "gato" era o chicote de nove correias.

– Não, não! – eles gritaram de forma tão comovente, que todos os piratas sorriram.

– Vá buscar o "gato", Jukes – Gancho ordenou. – Está na cabine.

A cabine! Peter estava na cabine! As crianças se entreolharam.

– Sim, sim – disse Jukes, e alegremente ele entrou na cabine.

Os garotos o seguiram com os olhos. Nem perceberam que Gancho havia retomado sua cantoria, com seus asseclas se juntando a ele:

"*Yo ho, yo ho*, o 'gato' que arranha,
Nove caudas vocês sabem que ele tem,
E quando elas forem escritas nas suas costas
Vocês também…".

O final do último verso jamais será conhecido, pois de repente a música foi interrompida por um rugido terrível vindo da cabine. Ecoou pelo navio e sumiu. Então, ouviu-se um som de um grito de corvo que era bem entendido pelos garotos, mas para os piratas era quase tão misterioso quanto o rugido.

– O que foi isso? – gritou Gancho.

– Dois a menos – Slightly continuou a contar, solenemente.

O italiano Cecco hesitou por um momento e depois entrou na cabine. Ele cambaleou para fora, abatido.

– Qual o problema com o Bill Jukes, seu cão? – Gancho rosnou, partindo para cima dele.

– O problema é que ele está morto, foi esfaqueado – Cecco respondeu com uma voz surda.

– Bill Jukes morto! – exclamaram os piratas assustados.

– A cabine está escura como uma cova – disse Cecco, quase gaguejando. – Mas tem algo terrível lá dentro: a coisa que você ouviu gritar.

Tanto a exultação dos garotos como o olhar baixo dos piratas foram notados por Gancho.

– Cecco – ele disse com seu tom de voz mais austero –, volte e traga-me essa coisa que cacarejou.

Cecco, o mais corajoso dos bravos, encolheu-se diante de seu capitão.

– Não, não – ele implorou.

Mas Gancho ronronava acariciando sua garra.

– Você disse que não vai, Cecco? – ele indagou, pensativo.

Cecco foi, a princípio, abanando os braços desesperadamente. Não havia mais cantoria. Todos eram só ouvidos agora. E, novamente, veio um grito de morte, seguido do grito de um corvo.

Ninguém falou nada, exceto Slightly.

– Três a menos – ele continuou a contagem.

Gancho reagrupou seus asseclas com um gesto.

– Seus peixes podres... – ele trovejou. – Quem é que vai me trazer essa galinha?

– Espere até o Cecco sair – Starkey resmungou. Os outros entenderam o grito.

– Eu acho que ouvi você dizer que é voluntário, Starkey – Gancho retrucou, ronronando novamente.

– Não, com mil trovões! – Starkey exclamou.

– O meu gancho acha que você vai – disse Gancho, indo até ele. – Eu me pergunto se não seria aconselhável, Starkey, brincar com o gancho?

– Prefiro balançar na forca antes de entrar lá – respondeu Starkey obstinadamente, e novamente ele teve o apoio da tripulação.

– Isso é um motim? – perguntou Gancho, mais satisfeito do que nunca. – Liderado pelo Starkey?

– Misericórdia, capitão! – Starkey choramingou, trêmulo da cabeça aos pés.

– Vamos apertar as mãos, Starkey – disse Gancho, oferecendo-lhe sua garra.

Starkey buscou ajuda, mas todos o abandonaram. Enquanto recuava, Gancho avançou, e agora uma chama em brasa inflamava seu olhar.

JAMES M. BARRIE

Com um grito desesperado, o pirata saltou sobre Long Tom e precipitou-se no mar.

– Quatro a menos – prosseguiu Slightly.

– Pois bem – Gancho disse educadamente. – Mais algum cavalheiro falou em motim?

Ele apanhou uma lanterna e ergueu a garra com um gesto ameaçador.

– Eu vou buscar essa galinha pessoalmente.

E partiu em direção à cabine.

Enquanto Slightly se preparava para dizer "cinco", umedecendo os lábios para estar pronto, Gancho voltou cambaleando, sem sua lanterna.

– Algo apagou a luz – ele reconheceu, um pouco inseguro.

– Algo! – ecoou Mullins.

– E o Cecco? – Noodler perguntou.

– Está tão morto quanto Jukes – Gancho respondeu, curto e grosso.

A relutância dele em voltar para a cabine impressionou-os desfavoravelmente e o vozerio dos amotinados irrompeu novamente. Como todos os piratas são supersticiosos, Cookson gritou:

– Dizem que o sinal mais seguro de que um barco está amaldiçoado é quando tem um homem a bordo a mais do que foi contabilizado.

– Eu ouvi dizer – murmurou Mullins – que ele sempre embarca no navio pirata por último. Será que ele teria rabo, capitão?

– Dizem – falou outro, olhando maliciosamente para o Gancho – que quando ele aparece é igual ao homem mais perverso a bordo.

– Ele tinha um gancho, capitão? – Cookson perguntou, com insolência.

E um após o outro repetiu a gritaria:

– O navio está condenado!

Com isso, as crianças não conseguiram resistir e engrossaram o coro. Gancho quase havia esquecido de seus prisioneiros. Mas, quando se virou para eles, seu rosto se iluminou de novo.

– Rapazes! – ele gritou para sua tripulação – Eis aqui a solução. Abram a porta da cabine e os coloquem lá dentro. Deixem que eles lutem por suas vidas contra a galinha. Se eles a matarem, somos muito melhores do que eles. Se ela os matar, não somos de modo algum os piores.

PETER PAN

Pela última vez, os asseclas admiraram Gancho e, com dedicação, cumpriram suas ordens. Os garotos, fingindo lutar, foram empurrados para dentro da cabine, e a porta foi trancada.

– Agora, escutem! – Gancho gritou e todos ouviram.

Mas ninguém se atrevia a encarar a porta. Ninguém, menos uma pessoa, Wendy, que passou todo esse tempo amarrada no mastro. Não era nem um rugido de morte, nem o grito de um corvo que ela esperava. Era pelo reaparecimento do Peter.

Ela não precisou esperar muito. Na cabine, Peter encontrou aquilo que foi procurar: a chave que libertaria as crianças de suas algemas. Então, todos atacariam em conjunto, armados com quaisquer armas que conseguissem encontrar. Para começar, sinalizando para que eles se escondessem, Peter cortou as amarras da Wendy e então nada poderia ser mais fácil do que todos saírem voando juntos. Mas uma coisa barrou o caminho do Peter, um juramento: "Desta vez, o Gancho ou eu!". Então, assim que libertou Wendy, ele sussurrou para ela se esconder com os outros e ele mesmo tomou o lugar dela no mastro, envolto no manto da garota, de modo que pudesse se passar por ela. Então ele respirou fundo e gritou como um corvo.

Para os piratas, era uma voz gritando que todos os meninos estavam mortos na cabine, e eles entraram em pânico. Gancho tentou acalmá-los, mas como eram tratados como cães, mostraram-lhe as presas e ele sabia que, se desviasse os olhos deles agora, eles saltariam sobre si.

– Rapazes! – ele disse, pronto para bajular ou atacar, conforme necessário, mas jamais hesitando, nem por um instante. – Eu já entendi tudo. Temos uma pessoa que traz má sorte a bordo.

– É isso mesmo! – eles rosnaram. – É um homem com um gancho...

– Não, rapazes, não! É a garota. Nunca dá sorte um navio pirata ter uma mulher a bordo. Vamos endireitar o navio quando ela for embora.

Alguns deles se lembravam que esse era um ditado do Flint.

– Vale a pena tentar – eles disseram, indecisos.

– Joguem a garota ao mar! – Gancho exclamou.

E eles correram para pegar a figura enrolada no manto.

– Não tem ninguém que possa salvá-la agora, senhorita – Mullins sibilou debochando.

– Tem sim! – respondeu a figura.

– E quem é?

– Peter Pan, o vingador! – foi a terrível resposta.

Enquanto falava, Peter tirou o manto. Então, todos souberam quem os havia destruído na cabine e com quem duas vezes Gancho tentou falar e duas vezes falhou. Nesse momento atroz, acho que seu coração impiedoso se despedaçou.

– Rasguem o peito dele! – por fim, gritou, mas sem convicção.

– Vamos, garotos! Para cima deles! – a voz do Peter soou.

E, no momento seguinte o choque de armas ressoava pelo navio. Se os piratas estivessem reunidos, é certo que teriam vencido. Mas o ataque veio quando ainda estavam desarticulados e eles passaram a correr de cá para lá, golpeando a esmo, cada um se julgando o último sobrevivente da tripulação. Homem a homem, eles eram mais fortes, mas estavam lutando apenas na defensiva, o que permitiu que os garotos caçassem em pares e escolhessem a presa. Alguns canalhas saltaram para o mar, outros se esconderam em refúgios escuros, onde foram encontrados por Slightly, que não lutava, mas corria com uma lanterna que brilhava no rosto deles, de modo que ficavam meio cegos e caíam como presas fáceis diante das espadas implacáveis dos outros garotos. Poucos sons podiam ser escutados, a não ser o barulho das armas, um ocasional grito lancinante e a contagem monótona do Slightly: cinco, seis, sete, oito, nove, dez, onze.

Acho que todos tinham morrido quando um grupo de garotos selvagens cercou Gancho, que parecia ter uma vida encantada, enquanto os mantinha a distância naquele círculo de fogo. Eles tinham dado conta de seus asseclas, mas aquele homem sozinho parecia ser um jogo difícil. Várias e várias vezes eles se aproximaram dele e várias e várias vezes ele abria um novo espaço. Ele havia levantado um garoto com seu gancho e o usava como escudo, quando outro, que acabara de passar sua espada por Mullins, entrou na briga.

– Recolham suas espadas, meninos – gritou o recém-chegado –, esse homem é meu.

Assim, de repente, Gancho encontrou-se cara a cara com Peter. Os outros recuaram e formaram um anel ao redor de ambos.

Por um bom tempo os dois inimigos se entreolharam, Gancho estremecendo ligeiramente e Peter com um estranho sorriso no rosto.

– Então, Pan – disse finalmente Gancho –, isso é tudo o que você faz?

– É, James Gancho – foi a resposta austera –, é tudo o que eu faço.

– Jovem orgulhoso e insolente – sentenciou Gancho –, prepare-se para enfrentar a sua desgraça.

– Homem sombrio e sinistro – respondeu Peter –, cuide de si.

Sem mais palavras, eles se atracaram e por algum tempo não houve vantagem para nenhuma das duas lâminas. Peter era um excelente espadachim e se esquivava com rapidez deslumbrante. De qualquer modo, ele avançou com uma estocada que vazou a defesa de seu oponente, mas seu alcance mais curto o colocou em posição ruim e ele não conseguiu atingir o adversário. Gancho, que não era inferior em brilhantismo, mas nem tão ágil no jogo de pulso, obrigou-o a recuar sob o peso de seu ataque, esperando terminar tudo de repente com sua investida favorita, que lhe fora ensinada há muito tempo por Barbecue no Rio. Mas, para sua surpresa, ele viu esse ímpeto desviado várias vezes. Ele, então, tentou dar o golpe de misericórdia com seu gancho de ferro, que durante todo esse tempo tinha apenas dado golpes no ar. Mas Peter escapou agachando-se e, então, arremetendo ferozmente, perfurou-o nas costelas. Ao ver seu próprio sangue, cuja cor peculiar, lembre-se, era repulsiva para ele, a espada caiu da mão de Gancho e ele ficou à mercê de Peter.

– Agora! – gritaram todos os garotos.

Entretanto, com um gesto magnânimo, Peter convidou seu adversário para pegar sua espada. Gancho fez isso instantaneamente, mas com o sentimento trágico de que Peter estava demonstrando boas maneiras.

Até então, ele achou que estava lutando contra algum demônio. Mas, agora, as suspeitas mais sombrias o assaltavam.

– Pan, quem e o que você pensa que é? – ele exclamou com voz rouca.

– Sou jovem, sou alegre – Peter respondeu sem vacilar. – Sou um passarinho que rompeu a casca do ovo.

Isso, claro, era um disparate. Mas para o infeliz Gancho era a prova de que Peter não sabia, no mínimo, quem ou o que ele era, e isso é o ápice das boas maneiras.

– Em guarda, de novo... – o pirata gritou, desesperado.

Dessa vez, ele lutou como um chicote humano e cada varredura daquela terrível espada teria cortado ao meio qualquer homem ou rapaz que a bloqueasse. Mas Peter rodopiava em torno dele como se o próprio vento o fizesse sair da zona de perigo. E, sem dar tréguas, ele arremetia e espicaçava.

Gancho estava então lutando sem esperanças. Aquele peito apaixonado já não pedia pela vida, mas pelo único benefício que ansiava antes de ficar frio para sempre: ver Peter demonstrar que não tinha boas maneiras.

Abandonando a luta, ele correu para o paiol e acendeu um pavio.

– Em dois minutos – ele gritou – o navio voará em pedaços pelos ares.

"Agora" – ele pensou – "as verdadeiras 'boas maneiras' aparecerão."

Mas Peter saiu do paiol com o pavio aceso nas mãos em concha e, calmamente, atirou-o ao mar.

Que tipo de maneiras o próprio Gancho estava demonstrando? Por mais equivocado que fosse, temos que reconhecer, sem simpatizar com ele, que no final das contas ele era fiel às tradições de sua raça ou de sua classe social. Os outros garotos agora voavam em torno dele, desprezando-o e caçoando dele, que cambaleava pelo convés, atacando-os impotente. Seu espírito não estava mais ali, estava agachado nos campos de jogos de um passado muito distante, sendo enviado à diretoria "para o próprio bem", ou assistindo ao jogo da parede, na parede reservada da escola. Seus sapatos eram impecáveis, seu colete era impecável, sua gravata era impecável e suas meias eram impecáveis.

Adeus, James Gancho, você não é exatamente uma figura heroica.

Assim chegamos ao último momento dele.

Vendo Peter avançando lentamente sobre si pelo ar com a adaga pronta, o pirata saltou sobre a amurada para se atirar no mar. Ele não sabia que o crocodilo estava esperando por ele, pois nós paramos o relógio propositalmente para que essa informação pudesse ser poupada, como uma pequena marca de respeito nossa, no final.

Gancho teve um último triunfo, que eu acho que não vai nos magoar. Enquanto estava na amurada, olhando por cima do ombro para o Peter deslizando no ar, ele o convidou com um gesto para usar o pé. Isso fez Peter chutá-lo em vez de esfaqueá-lo.

Peter Pan

Finalmente, Gancho conseguiu o benefício pelo qual tanto ansiava.

– Isso não são boas maneiras – ele gritou tripudiando, e partiu contente para o crocodilo.

Assim James Gancho pereceu.

– Dezessete – contou Slightly, embora seus números não estivessem muito corretos.

Quinze pagaram a pena por seus crimes naquela noite, mas dois chegaram à praia. Starkey foi capturado pelos peles-vermelhas, que o fizeram dar de mamar a todos os bebês índios, numa melancólica recuperação de um pirata. Smee, desde então, passou a vagar pelo mundo usando óculos, vivendo precariamente e dizendo que era o único homem que James Gancho temia.

Wendy, é claro, não havia participado da luta, embora observasse Peter com olhos brilhantes. Mas, agora que tudo terminou, ela se tornou importante de novo. Ela elogiou a todos e estremeceu deliciosamente quando Miguel lhe mostrou o lugar onde matou um deles. Então, ela os levou para a cabine de Gancho e apontou para o relógio que estava pendurado num prego, marcando "uma e meia"!

O adiantado da hora era quase a mais importante de todas as coisas. Pode ter certeza de que ela os levou para a cama, colocando-os nos beliches dos piratas rapidamente. Todos, menos Peter, que subia e descia do convés, até finalmente adormecer ao lado do Long Tom. Ele teve um de seus sonhos naquela noite, chorou durante o sono por um longo tempo e Wendy segurou-o com força no colo.

A volta para casa

Com duas badaladas do sino, todos correram a mexer seus cambitos, pois o mar havia engrossado naquela manhã. Tootles, agora promovido a imediato, estava entre eles, com a ponta de uma corda na mão, mascando tabaco. Todos vestiam roupas de pirata cortadas no joelho, exibiam barbas malfeitas e perambulavam cambaleantes pelo convés, segurando as calças.

Desnecessário dizer quem era o capitão. Nibs e João eram o primeiro e o segundo oficiais. Havia uma mulher a bordo. Os demais eram marujos do mastro de vante, que viviam no castelo de proa. Peter já havia se amarrado ao timão, mas reuniu toda a tripulação e fez um breve discurso. Disse que esperava que todos cumprissem os seus deveres como corações valentes, mas sabia que eles eram a escória do Rio e da Costa do Ouro e que se o atacassem ele os rasgaria. As palavras duras da ameaça alcançaram o tom que os marinheiros entendiam e eles o aplaudiram vigorosamente. Então, algumas ordens secas foram dadas e eles viraram o navio rumo ao continente.

Depois de consultar o mapa do navio, o capitão Pan calculou que, se o tempo se mantivesse firme, eles deveriam alcançar Açores por volta do dia 21 de junho, depois poupariam tempo voando.

Alguns queriam que a embarcação se tornasse um navio honesto e outros eram a favor de mantê-lo pirata. Mas o capitão tratava-os como cães, e eles não se atreviam a expressar-lhe seus desejos. A obediência cega era a única coisa certa a fazer. Slightly levou uma dúzia de chicotadas por olhar perplexo quando recebeu ordens para içar as sondas. O sentimento geral era de que Peter estava sendo honesto até então para acalmar as suspeitas de Wendy, mas que poderia haver uma mudança quando a roupa nova ficasse pronta, a qual, contra sua vontade, ela estava fazendo para ele de algumas das vestes mais malvadas do Gancho. Mais tarde, foi murmurado entre os meninos que, na primeira noite em que vestiu essa roupa, Peter ficou sentado na cabine com o porta-charutos do Gancho na boca e a mão recurvada, quase fechada no dedo indicador. Ele a brandia ameaçadoramente no ar como um gancho.

Peter Pan

Em vez de ficarmos observando o navio, porém, vamos agora retornar àquele lar desolado do qual três dos nossos personagens haviam fugido há tanto tempo. Parece uma pena termos negligenciado a casa de número 14 durante todo esse período, mas temos certeza de que a senhora Darling não nos culpará por isso. Se tivéssemos voltado antes, para olharmos com pesarosa simpatia, ela provavelmente teria nos repreendido:

– Não sejam bobos! Que importância tenho eu? Voltem e fiquem de olho nas crianças.

Enquanto as mães forem assim, seus filhos desfrutarão delas. E eles podem contar com isso.

Até agora, nos aventuramos nesse quarto de crianças da família apenas porque seus ocupantes de direito estão a caminho de casa. Nós tão somente nos apressamos para ver se suas camas estão arrumadas e se o senhor e a senhora Darling não saem à noite. Nós não somos mais do que servos das crianças. Por que diabos suas camas deveriam estar arrumadas corretamente, visto que elas as deixaram com tanta pressa e de forma tão ingrata? Não seria muito bom se voltassem e descobrissem que seus pais estiveram passando o fim de semana no interior? Seria a lição de moral que estão merecendo desde que os encontramos. Mas se fizéssemos as coisas dessa maneira, a senhora Darling jamais nos perdoaria.

Uma coisa que eu gostaria imensamente de fazer seria dizer a ela, da forma como os autores fazem, que as crianças estavam voltando e que de fato elas estariam lá na quinta-feira. Mas isso estragaria completamente a surpresa que Wendy, João e Miguel estavam ansiosos para fazer. Era isso o que imaginavam no navio: a felicidade da mãe, o grito de alegria do pai, os saltos da Naná no ar para abraçá-los primeiro, quando eles deveriam estar se preparando para levarem uma boa surra. Que delícia seria estragar tudo, dando a notícia antecipadamente, de modo que, quando eles entrassem triunfantes, a senhora Darling nem mesmo oferecesse seu rosto à Wendy e o senhor Darling pudesse exclamar irritado:

– Maldição, lá vêm esses meninos de novo!

Mas ninguém nos agradeceria por isso. Já conhecemos bem a senhora Darling agora e temos certeza de que ela nos censuraria por privarmos as crianças dessa pequena alegria.

– Mas, minha querida senhora, faltam dez dias até a quinta-feira, de modo que, dizendo-lhe o que vai acontecer, podemos lhe poupar dez dias de infelicidade.

– Sim, mas a que preço? Privando as crianças de dez minutos de alegria.

– Bem, se você enxergar isso dessa maneira!

– Existe outra maneira de se ver isso?

Como você pode perceber, essa mulher não tem caráter mesmo. Eu pretendia dizer coisas extraordinariamente agradáveis a respeito dela, mas eu a desprezo, e agora não vou dizer nada disso. Ela realmente não precisa ser avisada para estar com as coisas prontas, pois já estão prontas. Todas as camas estão arrumadas, ela nunca sai de casa e, observem, a janela está sempre aberta! Para sermos de alguma serventia para ela, deveríamos voltar ao navio. Porém, já que estamos aqui, podemos ficar e dar uma olhada. Isso é tudo o que somos, espectadores. Ninguém realmente nos quer, então, vamos observar e dizer coisas desagradáveis, na esperança de que algumas delas machuquem.

A única mudança visível no quarto das crianças é que entre as nove e as seis horas a casinha da cachorra não ficava mais lá. Quando as crianças voaram para longe, o senhor Darling sentiu na pele que toda a culpa era dele por ter acorrentado a Naná e que, do começo ao fim, ela tinha sido mais sábia do que ele. Claro, como vimos, que ele era um homem bastante simples. Na verdade, ele poderia passar por menino novamente, se tivesse conseguido controlar a calvície. Mas ele também tinha um senso de justiça muito nobre e coragem de leão para fazer o que lhe parecia certo. E, tendo refletido sobre o assunto com todo o cuidado depois do voo das crianças, ele passou a andar de quatro patas e a se arrastar para dentro da casinha da cachorra. A todos os afetuosos apelos da senhora Darling para sair de lá, ele respondia entristecido, mas com firmeza:

– Não, minha querida, este é o lugar que eu mereço.

Na amargura de seu remorso, ele jurou que jamais deixaria a casinha até que seus filhos voltassem. Claro que isso era de dar dó. Mas qualquer coisa que o senhor Darling tivesse que fazer, ele fazia com exagero, caso contrário, logo desistia de fazer. Assim, jamais houve homem mais humilde do que o outrora orgulhoso George Darling sentado na casinha da cachorra à noite para conversar com a mulher sobre os filhos e todos os seus bons modos.

Muito tocante era sua deferência para com a Naná. Ele não a deixava entrar na casinha, mas, em todos os outros assuntos, seguia implicitamente os desejos dela.

Todas as manhãs, a casinha era carregada com o senhor Darling dentro para um táxi, que o levava ao escritório, e ele voltava da mesma maneira às seis da tarde. Veremos um pouco da força de caráter do homem se nos lembrarmos de como ele era sensível à opinião dos vizinhos; esse homem cuja movimentação agora chamava a atenção pela surpresa. Intimamente, ele devia estar sofrendo uma tortura, mas preservava a calma exterior, mesmo quando os jovens criticavam sua pequena casa. Além disso, ele sempre erguia o chapéu cortesmente para qualquer senhora que olhasse lá dentro.

Poderia parecer uma atitude quixotesca, mas era magnífica. Logo, o significado interno vazava e o grande coração do público era tocado. Multidões seguiam o táxi, aplaudindo-o vigorosamente, meninas encantadoras o assediavam para conseguirem seu autógrafo, entrevistas apareceram nos jornais da melhor classe e a sociedade o convidava para jantares, com a ressalva: "Venha na casinha da cachorra".

Naquela turbulenta quinta-feira, a senhora Darling esperava o retorno de George para casa no quarto das crianças. Ela era uma mulher de olhos muito tristes. Agora que a observamos de perto e lembramo-nos de sua alegria nos velhos tempos, tudo acabado porque perdera seus bebês, acho que não vou poder dizer coisas desagradáveis sobre ela, afinal. Como ela gostava muito de seus filhos, não podia evitar essa tristeza. Observe-a em sua cadeira, onde ela acabou adormecendo. O canto da boca, onde se olha primeiro, está quase murcho. Sua mão se move incansavelmente sobre o peito como se ela sentisse uma dor ali. Alguns gostam mais do Peter, outros gostam mais da Wendy, mas eu gosto mais dela. Suponha que, para deixá-la feliz, assopremos para ela, enquanto dorme, que os pirralhos estão voltando. Eles estão a duas milhas da janela agora e voando rápido, mas tudo o que precisamos assoprar é que eles estão a caminho. Só isso...

É uma pena que tenhamos feito isso, porque ela começou a chamar pelos nomes deles e não havia ninguém no quarto além da Naná.

– Oh, Naná, sonhei que os meus queridos tinham voltado!

Naná ficou com os olhos marejados de lágrimas, mas tudo o que podia fazer era colocar a pata gentilmente no colo da patroa. Estavam sentadas juntas assim quando a casinha foi trazida de volta. Ao ver o senhor Darling colocar a cabeça de fora, para beijar a esposa, percebemos que seu rosto está mais abatido do que nunca, mas tem uma expressão mais suave.

Ele deu o chapéu para Liza, que o pegou com desprezo, pois ela não tinha imaginação e era incapaz de compreender a motivação desse homem. Do lado de fora, a multidão que acompanhava o táxi de volta para casa ainda aplaudia e, naturalmente, ele não ficava indiferente.

– Ouça-os – ele comentou. – É muito gratificante.

– Tem um monte de garotinhos – Liza ironizou.

– Havia vários adultos hoje – ele garantiu com um leve rubor.

Mas, quando ela balançou a cabeça, ele não teve uma palavra de reprovação. O sucesso social não estragou o caráter dele, simplesmente o tornou mais doce. Por algum tempo ele ficou sentado com a cabeça para fora da casinha, conversando com a senhora Darling sobre o acontecido e apertou-lhe a mão para tranquilizá-la quando ela disse que esperava que a cabeça dele não ficasse perturbada com isso.

– Como se eu fosse um homem fraco... – ele reagiu. – Deus do céu, como se eu fosse um homem fraco!

– George – ela disse timidamente –, você continua tão cheio de remorsos como sempre, não é?

– Cheio de remorsos como sempre, querida! Veja o meu castigo: morar numa casinha de cachorro.

– Mas é punição, não é, George? Tem certeza de que não está gostando disso?

– Meu amor!

Pode ter certeza de que ela implorou perdão a ele por ter dito isso. E, então, sentindo-se sonolento, ele se enrolou na casinha.

– Você não vai tocar piano para eu dormir? – ele perguntou.

Enquanto ela atravessava o quarto para a sala de brinquedos, ele acrescentou sem pensar:

– E feche essa janela. Vou pegar um resfriado.

– Oh, George, jamais me peça para fazer isso. A janela deve sempre permanecer aberta para eles, sempre, sempre.

Agora, era a vez de ele pedir perdão. Ela entrou na sala de brinquedos, tocou, e logo ele estava dormindo. E, enquanto ele dormia, Wendy, João e Miguel voaram para o quarto.

Muito bem, descrevemos assim, pois esse foi o arranjo encantador planejado por eles antes de deixarmos o navio. Mas algo deve ter acontecido desde então, pois não foram eles que voaram, mas Peter e Sininho.

As primeiras palavras de Peter dizem tudo.

– Depressa, Sininho, feche a janela – ele sussurrou. – Vamos barrar isso! Está certo. Agora você e eu vamos sair pela porta. Assim, quando a Wendy chegar, ela pensará que a mãe a barrou e ela terá que voltar comigo.

Agora entendo o que até então me intrigava: porque, quando exterminou os piratas, Peter não voltou para a ilha e deixou Sininho escoltar as crianças para o continente. Esse truque estava na cabeça dele o tempo todo!

Em vez de sentir que estava se comportando mal, ele dançou de alegria. Então, ele espiou na sala de brinquedos para ver quem estava tocando.

– É a mãe da Wendy! – ele sussurrou para a Sininho. – Ela é uma mulher bonita, mas não tão bonita quanto a minha mãe. A boca está cheia de dedais, mas não tão cheia quanto a da minha mãe.

É claro que ele não sabia nada sobre a mãe dele, mas às vezes se gabava dela.

Ele não conhecia a melodia, que dizia: "Lar, doce lar", mas sabia que queria dizer: "Volte, Wendy, volte".

– Você nunca mais verá a Wendy novamente, senhora, porque a janela está trancada! – ele gritou exultante.

Ele espiou de novo, para ver por que a música tinha parado, e então viu que a senhora Darling repousava a cabeça sobre a tampa do piano e que duas lágrimas escorriam de seus olhos.

– Ela quer que eu abra a janela – Peter pensou. – Mas eu não vou abrir, não vou!

Ele espiou novamente e as lágrimas ainda estavam lá, ou mais duas haviam tomado o lugar delas.

– Ela gosta muito da Wendy – ele disse para si mesmo.

Então, ficou zangado, por ela não perceber que não poderia ficar com Wendy. O motivo era muito simples:

– Eu também gosto dela. Não podemos ambos tê-la, senhora.

Mas a dama não parecia disposta a aceitar isso, e ele estava infeliz. Ele parou de olhar para ela, mas, ainda assim, ela não o largava. Ele pulou e fez caras engraçadas, mas quando parou, era como se ela estivesse dentro dele, socando-o.

– Ora, está bem – ele disse afinal, e engoliu em seco.

Então, Peter abriu a janela.

– Vamos, Sininho – ele gritou, com um sorriso de desprezo pelas leis da natureza. – Não queremos saber de mães bobas – e voou para longe.

Assim, Wendy, João e Miguel acharam a janela aberta, afinal, o que evidentemente era mais do que mereciam. Eles pousaram no chão, sem vergonha de si mesmos, e o mais jovem já havia esquecido da casa.

– João – ele disse, olhando ao redor, confuso –, acho que já estive aqui antes.

– Claro que você esteve, seu bobo. Lá está a sua velha cama.

– É verdade… – disse Miguel, mas sem muita convicção.

– Vejam, a casinha! – João gritou e correu para olhar dentro.

– Talvez a Naná esteja aí – Wendy arriscou.

Mas João assobiou.

– Ora… – ele disse. – Tem um homem lá dentro!

– É o pai! – Wendy exclamou.

– Deixe-me ver o pai – Miguel implorou ansioso e aproveitou para dar uma boa olhada. – Ele não é tão grande quanto o pirata que eu matei… – o menino comentou com uma franqueza tão sincera, que eu fico feliz que o senhor Darling estivesse dormindo, pois ele teria ficado triste se essas fossem as primeiras palavras que tivesse escutado do caçula Miguel.

Wendy e João ficaram surpresos quando encontraram o pai na casinha.

– Será – disse João, como alguém que havia perdido a confiança na memória – que ele costumava dormir na casinha?

– João – Wendy disse hesitante –, talvez não nos lembremos da velha vida como pensávamos.

Um calafrio tomou conta deles. Bem-feito!

– É muito descaso da mãe não estar aqui quando voltamos – reclamou o jovem descarado do João.

Foi então que a senhora Darling começou a tocar novamente.

– É a mamãe! – Wendy gritou, espiando na sala de brinquedos.

– É verdade! – João admitiu.

– Então você não é mesmo a nossa mãe, Wendy? – Miguel, que com certeza estava com sono, perguntou.

– Oh, querido! – Wendy exclamou, com sua primeira pitada de remorso. – Já estava na hora de voltarmos.

– Vamos fazer uma surpresa – João sugeriu – colocando as mãos nos olhos dela.

Mas Wendy, que percebeu que eles deveriam dar essa notícia tão alegre com mais gentileza, tinha um plano melhor.

– Vamos todos deitar em nossas camas e esperar, como se nunca tivéssemos ido embora.

E, assim, quando a senhora Darling voltou ao quarto das crianças para ver se o marido estava dormindo, todas as camas estavam ocupadas. As crianças esperaram pelo seu grito de alegria, mas ele não veio. Ela os viu, mas não acreditou que eles estivessem lá. Como você vê, ela os viu em suas camas tantas vezes em seus sonhos, que achou que ainda era apenas o sonho pendurado ao seu redor.

Ela sentou-se na cadeira junto à lareira, onde nos velhos tempos cuidava deles.

Eles não conseguiam entender isso, e um medo gelado tomou conta de todos os três.

– Mãe! – Wendy exclamou.

– Essa é a Wendy – a senhora Darling falou, ainda certa de que era sonho.

– Mãe!

– Esse é o João – ela disse.

– Mãe! – exclamou Miguel.

Ele agora a reconhecia.

– Esse é o Miguel – ela disse, e estendeu os braços para os três pequenos filhos egoístas que nunca mais abraçaria.

Mas, sim, ela os abraçaria. Wendy, João e Miguel saíram da cama e correram para ela.

– George, George! – ela gritou quando conseguiu falar.

O senhor Darling acordou para compartilhar dessa felicidade e a Naná entrou correndo. Não poderia existir visão mais adorável, mas não havia ninguém para vê-la, a não ser um garotinho que espiava pela janela. Ele desfrutara de incontáveis êxtases, que outras crianças jamais conhecerão, mas assistia pela janela à única alegria da qual ele estava excluído para sempre.

Quando Wendy cresceu

Espero que você queira saber o que aconteceu com os outros garotos. Eles ficaram embaixo, esperando que Wendy tivesse tempo de explicar sobre eles, e quando contaram quinhentos, subiram. Foram pela escada, porque achavam que isso causaria melhor impressão. Eles tiraram o chapéu e fizeram fila diante da senhora Darling, desejando que não estivessem usando suas roupas de pirata. Não disseram nada, mas seus olhos pediram a ela que ficasse com eles. Os meninos também deveriam ter olhado para o senhor Darling, mas se esqueceram dele.

Claro que a senhora Darling disse imediatamente que ficaria com eles. O senhor Darling estava curiosamente deprimido e eles perceberam que ele considerava seis um número excessivo.

– Devo reconhecer – ele disse para a Wendy – que você não faz as coisas pela metade – uma observação reticente, que os gêmeos acharam que era dirigida a eles.

– Acha que somos demais, senhor? Porque, se assim for, podemos ir embora – perguntou o primeiro gêmeo, que era o orgulhoso, corando.

– Pai! – Wendy exclamou, chocada.

Mas, ainda assim, a nuvem de tempestade mostrava-se nele. Ele sabia que estava se comportando indignamente, mas não podia evitar.

– Poderíamos nos deitar dobrados – Nibs propôs.

– Eu sempre cortei o cabelo deles – Wendy comentou.

– George! – exclamou a senhora Darling, angustiada ao ver sua filha querida colocada numa situação tão desfavorável.

Então, ele começou a chorar e a verdade surgiu. Ele estava tão feliz de ficar com eles quanto a esposa, confessou, mas achava que eles deveriam ter pedido o seu consentimento, tanto quanto o dela, em vez de tratá-lo como um zero em sua própria casa.

– Eu não acho que ele é um zero – Tootles gritou instantaneamente. – Você acha que ele é um zero, Curly?

– Não, eu não acho. Você acha que ele é um zero, Slightly?

– Claro que não. Gêmeo, o que você acha?

Assim, eles descobriram que nenhum deles achava que ele fosse um zero. Ele ficou absurdamente satisfeito e disse que encontraria espaço para todos na sala de visitas, caso coubessem.

– Vamos caber, senhor – eles lhe garantiram.

– Então, sigam o líder! – ele exclamou alegremente. – Lembrem-se: não tenho certeza se temos uma sala de visitas, mas fingimos que sim, e o resultado é o mesmo. Oba!

Ele saiu dançando pela casa. Os meninos gritaram "Oba!" e dançaram atrás dele, procurando a sala de visitas. Esqueci se eles a encontraram, mas de qualquer modo, encontraram cantos onde todos acabaram cabendo.

Quanto ao Peter, ele olhou para Wendy mais uma vez antes de ir embora. Ele não entrou pela janela, mas esbarrou de passagem, para que ela pudesse abri-la se quisesse e gritar para ele. Foi o que ela fez.

– Olá, Wendy! Adeus... – ele disse.

– Oh, querido, você está indo embora?

– Sim.

– Você não sente, Peter – ela perguntou hesitante –, que gostaria de dizer alguma coisa aos meus pais sobre um assunto muito doce?

– Não.

– Sobre mim, Peter?

– Não.

A senhora Darling foi até a janela, pois, no momento, estava de olho na Wendy. Ela disse ao Peter que adotou todos os outros meninos e que gostaria de adotá-lo também.

– Você me mandaria para a escola? – ele perguntou desconfiado.

– Sim.

– E depois para um escritório?

– Acredito que sim.

– Logo eu seria um homem?

– Muito em breve.

– Pois eu não quero ir à escola e nem aprender coisas solenes – ele disse com convicção. – Não quero ser homem. Ora, mãe da Wendy, imagine se eu acordasse e sentisse que tenho barba!

– Peter – a Wendy disse em tom consolador –, eu haveria de amá-lo barbudo!

A senhora Darling estendeu os braços para ele, mas Peter rejeitou.

– Para trás, senhora, ninguém vai me pegar e fazer de mim um homem.

– Mas onde você vai morar?

– Com a Sininho, na casa que construímos para a Wendy. As fadas devem colocá-la no alto da copa das árvores, onde elas dormem à noite.

– Que adorável! – Wendy gritou com tanto entusiasmo, que a senhora Darling segurou-a mais ainda.

– Pensei que todas as fadas estivessem mortas – disse a senhora Darling.

– Sempre aparecem muitas jovens – Wendy, que agora era uma autoridade no assunto, explicou. – Porque, quando você vê um bebê recém-nascido rir pela primeira vez, uma nova fada nasce e, como sempre temos bebês recém-nascidos, sempre temos novas fadas. Elas vivem em ninhos no topo das árvores. As lilases são meninos, as brancas são meninas e as azuis são apenas pequenas tontas que não têm certeza do que são.

– Vou me divertir muito – Peter disse, de olho na Wendy.

– Vai ser bastante solitário à noite – ela comentou, sentada junto à lareira.

– Eu terei a Sininho.

– A Sininho não aguenta uma vigésima parte do caminho – ela lembrou-lhe, um pouco azeda.

– Mentirosa, desleal! – a Sininho gritou de algum canto.

– Pouco importa – Peter disse.

– Mas, Peter, você sabe que importa.

– Bem, então, venha comigo para a casinha.

– Posso, mamãe?

– Certamente que não. Tenho você em casa novamente e quero que você fique.

– Mas ele precisa de uma mãe.

– Tanto quanto você, meu amor.

– Oh! Tudo bem... – disse Peter, como se tivesse perguntado apenas por educação.

Mas a senhora Darling viu sua boca se contrair e então fez esta bela oferta: deixar Wendy ficar com ele durante uma semana todo ano, para fazer a faxina da primavera. Wendy teria preferido um arranjo mais permanente, pois parecia-lhe que a primavera demoraria a chegar, mas essa promessa deixou Peter satisfeito, e ele foi embora bem alegre novamente. Ele não tinha noção do tempo e estava tão cheio de aventuras, que tudo o que eu contei a você a respeito dele não significava nada para ele. Acho que foi por isso que a Wendy sabia que suas últimas palavras para ele teriam que ser muito enternecedoras:

– Peter, promete que não vai me esquecer, antes de chegar a época de faxina da primavera?

Claro que Peter prometeu. E, então, ele voou para longe. Levou o beijo da senhora Darling com ele. O beijo que não havia sido dado para mais ninguém, Peter conseguiu facilmente. Engraçado. Mas ela parecia satisfeita.

É claro que todos os meninos foram para a escola. A maioria deles ingressou na Classe III, mas Slightly foi colocado na Classe IV e depois na Classe V. A Classe I é a melhor. Depois de frequentarem a escola por uma semana, eles viram como tinham sido tontos por não terem permanecido na ilha. Mas era tarde demais, e logo se acostumaram a ser tão comuns quanto você, ou eu, ou o Jenkins Júnior. É triste ter que dizer que o poder de voar gradualmente os abandonou. A princípio, a Naná amarrou os pés deles nos estrados da cama, para que não voassem durante a noite. E um dos desvios deles durante o dia era fingir que caíam dos ônibus ingleses de dois andares. Pouco a pouco, pararam de puxar suas amarras nas camas e descobriram que se machucavam quando pulavam dos ônibus. Com o tempo, eles não conseguiam nem voar atrás de seus chapéus. Falta de prática, diziam, mas o que realmente significava era que eles não acreditavam mais naquilo.

Miguel acreditava mais do que os outros garotos, embora zombassem dele. Ele estava com Wendy quando Peter foi vê-la no final do primeiro ano. Ela voou para longe com Peter, no vestido que tecera de

Peter Pan

folhas e frutos na Terra do Nunca, e seu único medo era que ele notasse o quão curto se tornara. Mas ele nunca reparou, pois tinha muito a dizer sobre si mesmo.

Wendy esperava ter emocionantes conversas com Peter sobre os velhos tempos, mas novas aventuras haviam ocupado o lugar das antigas na mente dele.

– Quem é esse capitão Gancho? – ele perguntou interessado quando ela mencionou o arqui-inimigo.

– Você não se lembra que o matou e salvou a vida de todos nós? – ela perguntou, espantada.

– Eu sempre os esqueço depois de matá-los – ele respondeu despreocupado.

Quando ela expressou uma esperança duvidosa de que a Sininho ficaria feliz em vê-la, ele respondeu:

– Quem é Sininho?

– Oh, Peter! – ela exclamou, chocada.

Mas mesmo depois que ela explicou, ele não conseguia se lembrar.

– Existem muitas delas – ele afirmou. – Espero que ela tenha morrido.

Eu espero que ele tenha razão, pois as fadas não vivem muito, mas elas são tão pequenas, que pouco tempo lhes parece muito.

Wendy também se assustou ao descobrir que o ano que passou era como ontem para o Peter. Esse havia sido um longo ano de espera para ela. Mas ele continuava exatamente tão fascinante como sempre, e ambos fizeram uma adorável faxina na pequena casa no topo das árvores.

No ano seguinte, Peter não voltou para vê-la. Ela o esperou num vestido novo, porque o antigo simplesmente não lhe servia mais. Mas ele não apareceu.

– Talvez ele esteja doente – disse Miguel.

– Você sabe que ele nunca fica doente.

Miguel chegou perto dela e sussurrou, com um arrepio:

– Talvez essa pessoa não exista, Wendy!

Wendy teria começado a chorar se Miguel já não estivesse chorando.

Peter voltou na primavera seguinte, para a faxina. E o mais estranho era que ele jamais percebeu que tinha perdido um ano.

Essa foi a última vez que Wendy o viu enquanto menina. Pouco tempo depois, ela tentou, pelo bem dele, não ter as dores do crescimento. E sentiu que não estava sendo verdadeira quando recebeu um prêmio por conhecimentos gerais. Mas os anos passaram, sem trazer o menino descuidado. Quando eles se encontraram novamente, Wendy era uma mulher casada e Peter não era mais para ela do que um pouco de poeira na caixa em que guardava seus brinquedos. Wendy era adulta. Você não precisa lamentar por ela. Ela era do tipo que gosta de ficar adulta. Afinal, ela ficou adulta de livre e espontânea vontade um dia mais depressa do que as outras meninas.

Todos os meninos cresceram, viraram adultos e se tornaram homens feitos nessa época. Então, quase não vale a pena dizer mais nada sobre eles. Todo dia, você poderá ver os gêmeos Nibs e Curly indo para o escritório, cada um deles carregando uma pequena pasta e um guarda-chuva. Miguel é maquinista de trem. Slightly casou com uma dama da nobreza e assim se tornou lorde. Você vê aquele juiz de peruca saindo pela porta de ferro? Esse aí costumava ser o Tootles. Aquele homem barbudo, que não sabe nenhuma história para contar a seus filhos, um dia foi o João.

Wendy se casou de branco, com uma faixa rosa. É estranho pensar que Peter não apareceu na igreja e impediu a proclamação das bodas.

Os anos rolaram novamente e Wendy teve uma filha. Isso não deve ser escrito a tinta, mas com letras banhadas em ouro.

Ela se chamava Jane e sempre tinha um olhar curioso, como se, a partir do momento em que chegou ao continente, quisesse fazer perguntas. Quando teve idade suficiente para fazer perguntas, eram principalmente sobre Peter Pan. Ela adorava ouvir histórias do Peter, e a Wendy contou-lhe tudo o que conseguia lembrar, no próprio quarto das crianças em que o famoso voo tinha ocorrido. Esse, agora, era o quarto de criança da Jane, pois seu pai a comprara a juros de três por cento do pai da Wendy, que já não gostava mais de subir escadas. Nessa época, a senhora Darling estava morta e esquecida.

Havia apenas duas camas agora no quarto das crianças: a de Jane e a de sua babá, e a casinha da cachorra não estava mais lá, pois a Naná também tinha falecido. Morreu de velhice e, no final, foi muito difícil continuar com ela, pois estava firmemente convencida de que ninguém sabia cuidar de crianças, a não ser ela própria.

Uma vez por semana, a babá da Jane tirava folga e, então, era a vez da Wendy colocar a Jane na cama. Era essa a hora das histórias. Foi uma invenção da Jane levantar o lençol sobre a cabeça da mãe, e dela, fazendo uma tenda, para, na terrível escuridão, sussurrar:

– O que estamos vendo agora?

– Acho que não vejo nada hoje à noite – Wendy dizia, com a sensação de que, se a Naná estivesse ali, ela se oporia a continuar conversando.

– Sim, você vê – Jane insistia. – Você via quando era garotinha.

– Isso aconteceu muito tempo atrás, querida – Wendy justificava. – Ah! Como o tempo voa!

– Voa? – a criança esperta perguntou. – Do jeito que você voava quando era garotinha?

– Do jeito que eu voava? Sabe, Jane, às vezes eu me pergunto se alguma vez voei mesmo.

– Sim, você voou.

– Ah, os velhos tempos em que eu podia voar!

– Por que você não pode voar agora, mamãe?

– Porque sou adulta, querida. Quando as pessoas crescem e ficam adultas, elas esquecem o jeito.

– Por que esquecem o jeito?

– Porque já não são mais alegres, inocentes e sem coração. Só quem é alegre, inocente e sem coração pode voar.

– O que é ser alegre, inocente e sem coração? Eu gostaria de ser alegre, inocente e sem coração!

Outras vezes, Wendy admitia ver alguma coisa.

– Eu acho – ela dizia – que este é o quarto das crianças.

– Eu também acho – Jane concordava. – Continue.

Então, elas embarcavam na grande aventura da noite em que Peter chegou voando em busca de sua sombra.

– Sujeito bobo... – Wendy dizia. – Tentou grudar a coisa com sabão e, quando não conseguiu, chorou. Isso me acordou e eu a costurei para ele.

– Você pulou uma parte – Jane, que agora conhecia a história melhor do que sua mãe, interrompia. – Quando o viu sentado no chão chorando, o que você disse?

– Sentei-me na cama e disse: "Menino, por que você está chorando?".

– Sim, foi isso – Jane comemorou, soltando um grande suspiro.

– E, então, ele nos levou para a Terra do Nunca, das fadas, dos piratas, dos peles-vermelhas, da lagoa das sereias, da casa embaixo da terra e da casinha.

– Sim! De tudo, do que você gostou mais?

– Eu acho que gostei mais da casa embaixo da terra.

– Sim, eu também. Qual foi a última coisa que o Peter disse para você?

– A última coisa que ele me disse foi: "Apenas esteja sempre esperando por mim e, então, uma noite você ouvirá o meu grito de corvo".

– Sim.

– Mas, infelizmente, ele esqueceu tudo sobre mim – Wendy disse com um sorriso.

Isso mostrava como ela era adulta.

– Como era esse grito de corvo? – certa noite Jane perguntou.

– Era assim – Wendy respondeu, tentando imitar o corvo do Peter.

– Não, não era! – Jane corrigiu, com muita seriedade. – Era assim...
– e ela imitou muito melhor do que sua mãe.

Wendy ficou um pouco surpresa.

– Minha querida, como você pode saber?

– Muitas vezes eu escuto quando estou dormindo – Jane revelou.

– Ah! Sim, muitas garotas escutam quando estão dormindo. Mas eu fui a única que escutei acordada.

– Sorte sua! – Jane invejava.

Então, uma noite aconteceu a tragédia. Era a primavera daquele ano, a história havia sido contada durante a noite e Jane dormia em sua cama. Wendy estava sentada no chão, bem perto da lareira, para poder enxergar e fazer remendos, porque não havia outra luz no quarto das crianças. Foi quando ela escutou um corvo. Então a janela se abriu como antigamente e Peter saltou no chão.

Ele estava do mesmo jeito de sempre e Wendy notou imediatamente que ele ainda tinha todos os seus dentes de leite.

Peter era um garotinho e Wendy havia se tornado adulta. Não se atrevendo a se mexer, ela permaneceu acomodada perto da lareira, impotente e culpada, apesar de ser uma mulher grande, adulta.

– Olá, Wendy – ele cumprimentou, sem notar qualquer diferença, pois pensava principalmente em si mesmo e, na penumbra, o vestido branco dela ficava parecido com a camisola em que ele a viu pela primeira vez.

– Olá, Peter! – ela respondeu com voz sumida, encolhendo-se para parecer do menor tamanho possível.

Algo dentro dela gritava: "Mulher, mulher, me largue".

– Olá, onde está o João? – ele perguntou, de repente sentindo falta da terceira cama.

– O João não está aqui agora – ela engasgou.

– Miguel está dormindo? – ele perguntou, com um olhar descuidado para a Jane.

– Sim – ela respondeu, sentindo que não estava sendo verdadeira nem com Jane e nem com Peter.

– Esse não é o Miguel! – ela se apressou a corrigir, para que uma punição não recaísse sobre ela.

Peter olhou.

– Ora! É uma criança nova?

– Sim.

– Menino ou menina?

– Menina.

Agora, certamente ele entenderia. Mas nem assim!

– Peter... – ela disse, hesitante. – Você está esperando que eu voe para longe com você?

– Claro! Foi por isso que eu vim... – ele acrescentou, quase sério.
– Você, por acaso, esqueceu de que é tempo de fazermos a faxina da primavera?

Ela sabia que era inútil dizer que ele deixara passar muitas faxinas da primavera.

– Eu não posso ir! – ela disse, desculpando-se. – Esqueci como voar.

– Pois em breve eu vou lhe ensinar novamente.

– Ora, Peter, não desperdice pó de fada comigo.

Ela se levantou e, então, finalmente o medo tomou conta dele.

– O que é isso? – ele gritou, encolhendo-se.

– Eu vou acender a luz – ela disse – e, assim, você poderá ver por si mesmo.

Talvez quase pela única vez em sua vida, pelo que eu sei, Peter ficou com medo.

– Não acenda a luz! – ele implorou.

Ela fez suas mãos brincarem nos cabelos do menino. Não era mais uma garotinha de coração partido por ele, mas uma mulher adulta que sorria por tudo, apesar de serem sorrisos de olhos lacrimejantes.

Então ela acendeu a luz e Peter a viu. Ele deu um grito de dor, e quando a bela criatura alta se inclinou para pegá-lo nos braços, ele recuou bruscamente.

– O que foi isso? – ele gritou novamente.

Ela tinha que contar a ele.

– Estou velha, Peter, tenho bem mais do que vinte anos. Eu cresci e me tornei adulta há muito tempo.

– Você prometeu não fazer isso!

– Não pude evitar. Sou uma mulher casada, Peter.

– Não, você não é.

– Sim, eu sou, e a garotinha na cama é o meu bebê.

– Não, ela não é.

Mas ele supôs que ela era, e deu um passo em direção à criança adormecida com a adaga erguida. Claro que ele não a atacou. Em vez disso, sentou-se no chão e soluçou. Wendy não sabia como consolá-lo, embora costumasse fazer isso facilmente outrora. Agora, ela era apenas uma mulher e saiu correndo do quarto para tentar pensar.

Peter continuou a choramingar e logo seus soluços acordaram Jane. Ela se sentou na cama e ficou imediatamente interessada.

– Menino – ela disse –, por que você está chorando?

Peter se levantou e se inclinou na direção. Ela se inclinou na direção dele.

– Olá! – ele disse.

– Olá! – Jane disse.

– O meu nome é Peter Pan.

– Sim, eu sei.

– Eu voltei para buscar a minha mãe – ele explicou. – Voltei para levá-la para a Terra do Nunca.

– Sim, eu sei – Jane falou. – Eu estava esperando você.

Quando Wendy retornou, encabulada, encontrou Peter sentado na cama, gritando gloriosamente como um corvo, enquanto a Jane, de pijama, voava pela sala em solene êxtase.

– Ela é a minha mãe – Peter explicou.

Jane desceu e ficou ao lado dele, com um olhar no rosto que ele gostava de ver nas mulheres quando olhavam para ele.

– Ele precisa muito de uma mãe – disse a Jane.

– Sim, eu sei – Wendy admitiu bastante desconsolada. – Ninguém sabe disso melhor do que eu...

– Adeus! – Peter disse a Wendy, e se levantou no ar, com a descarada da Jane, que subiu com ele, pois era a maneira mais fácil de ela se movimentar.

Wendy correu para a janela.

– Não, não! – ela gritou.

– É apenas para a faxina da primavera – Jane avisou. – Ele quer que eu faça sempre a faxina da primavera.

– Ah! Se eu pudesse iria com vocês... – Wendy suspirou.

– Você sabe que não pode voar – Jane falou.

Claro que no final a Wendy os deixou voarem juntos. Nossa última olhada mostra que ela ficou na janela, observando-os revoarem no céu, até se tornarem tão pequeninos como estrelas.

Quando você olha para a Wendy, pode ver seu cabelo ficando branco e a figura dela encolhendo novamente, pois tudo isso aconteceu há muito tempo. Jane agora é uma mulher adulta comum, com uma filha chamada Margaret. E, toda primavera, na época da faxina, a não ser quando esquece, Peter vem buscar a Margaret e a leva para a Terra do Nunca, onde ela conta histórias sobre ele próprio, as quais ele ouve ansiosamente. Quando Margaret crescer, ela terá uma filha, que por sua vez será a mãe do Peter. E, assim continuará a ser para sempre, enquanto as crianças forem alegres, inocentes e sem coração.